绿衣的美少年

〔日〕**西尾维新** 著

新鲜 译

人民文学出版社

PEOPLE'S LITERATURE PUBLISHING HOUSE

著作权合同登记号　图字 01-2023-3921

本书由日本讲谈社正式授权，版权所有，未经书面同意，不得以任何方式做全面或局部翻印、仿制或转载。

图书在版编目(CIP)数据

绿衣的美少年 ／ (日)西尾维新著 ； 新鲜译.
北京 ： 人民文学出版社，2025. -- ("美少年侦探团"
系列). -- ISBN 978-7-02-019226-7

Ⅰ. I313.45

中国国家版本馆 CIP 数据核字第 2025983KW1 号

责任编辑　卜艳冰　曹敬雅
装帧设计　钱　珺

出版发行　人民文学出版社
社　　址　北京市朝内大街 166 号
邮　　编　100705

印　　刷　山东临沂新华印刷物流集团有限责任公司
经　　销　全国新华书店等

字　　数　90 千字
开　　本　787 毫米×1092 毫米　1/32
印　　张　6.125
版　　次　2025 年 5 月北京第 1 版
印　　次　2025 年 5 月第 1 次印刷

书　　号　978-7-02-019226-7
定　　价　39.00 元

目录

咲口长广

袋井满

指轮创作

BISHONEN 美少年

足利飙太

双头院学

瞳岛眉美

贞探团 TANTEIDAN 插画: 黄粉

美少年侦探团团规：

1．必须美丽
2．必须是少年
3．必须是侦探

绿衣的美少年

0. 前言

"是下一部作品!"

家喻户晓的电影明星、喜剧之王查理·卓别林,在被问到哪一部电影是自己最得意的作品时,曾如此回答——我承认,其实我没有看过他的电影。身为一名初中二年级的学生,我不想胡说八道——我认为以我现在的阅历并不能完全理解他电影中的有趣之处,而且我也不想随便逞强,破坏我心中喜剧之王的形象。当今这个世道,如果对大明星了解太多的话,就会知道一些自己并不想知道的东西。

说真的,开头引用的那句话,应该是那种时时刻刻高瞻远瞩,展望未来的人才能给出的回答,按照我这种普通人的理解力,肯定会觉得对方是在转移话题,莫名产生一种"我又不是在问你这个"的感觉吧。就像明明是在询问"为什么要登山呢?",却收到"因为山就在那里"的回答一样——我想知道的,是你攀登那座山的理由啊！

我真是个俗人。

所以，（我心目中的）喜剧之王并不是为了展示自己的志向高远或者视野宽广才那么说的，他的答案非常幽默——与其说想要赢得世人的钦佩，他或许更希望让世人开怀大笑。

我是这样觉得的。

"他想说的应该是，根据时间、场合以及心情的不同，心中的得意之作也会有所变化。不管什么都要东扯两句西扯两句，你以为是连载漫画的宣传文案吗？"

说话的人是不良学生……他的吐槽并不怎么有趣，只能给到七十八分。

"你好吵，给的分倒挺高，我就不讨价还价了。既然你不喜欢他的回答，那你认为怎么回答才是正确的呢？嗯？平成的喜剧之王。"

这是干什么？我可没把自己摆在那么高的位置上。

但是……

如若未来我扬名立万，成为世界著名的电影明星，出演了数以百计的电影作品。那时候，若我被问到，哪一部电影是你最得意的作品？我会这么回答：

"最得意的作品吗？大概是初中的时候第一次和朋友们一起拍的劣质电影吧！"

廉价、幼稚且小儿科。

可那是比任何其他作品都更具少年感的存在。

1. 公告

第一届

全国中学生艺术文化电影节的公告

题目：

《国王的新衣》（可改编）

参赛说明：

① 5～15分钟内的影像作品（含动画及CG作品）。

② 无人数限制。

③ 无预算限制。

④ 仅限艺术、文化方面的内容。

审查标准：

参赛需投稿至指定的视频网站。作品的浏览量是比赛唯一的评判标准。如若作品主题与要求不符，将被剥夺参赛资格。

奖品：

　　奖状、奖牌、奖学金

主题：

　　请表现"笨蛋看不见的衣服"这一主题。

　　　　　　　　　　　　　　　胎教委员会

　　　　　　　　　　　　　　　艺术文化启蒙部

2. 电影创作会

"我认真想了一下，先说结论吧，我觉得我们最好从这个角度入手。"

咲口前辈用他一如既往令人陶醉的声音发表着自己的意见。

这里是放学后的美术室。桌子上放着一张传单，房间里有三个人：被我叫作前辈的前任学生会会长、人称"美声长广"的咲口长广；我，现任学生会会长、人称"美观眉美"的瞳岛眉美；天才少年、指轮财团继承人、人称"美术创作"的指轮创作。

天才少年总是沉默寡言（可能是因为讨厌我），一周能开口说上一句话就算好的了，所以相当于只有两个人参加这次的对策会议，我和前辈，也就是现任学生会会长和上一任学生会会长。

可能会有人觉得，既然这样，那你们为什么不直接在学生会办公室聊呢？那当然是因为，我们是光荣的

（光荣吗？）美少年侦探团的成员啊！

美术室是我们侦探团的根据地，是我们应该坚守的阵地。

"电影节……啊。"

我不理解前辈的意思，只能照着传单上的文字念。

不懂装懂。

"欸？意思是由我们美少年侦探团自己进行电影制作？这个事情是不是有点儿唐突了？"

"请不要这么说。"

"这不是经典校园小说里常见的套路吗？就是经常被放在番外篇里的那种故事：作者先写几页正经的，然后突然有人喊'咔'，原来前面发生的故事都是虚构的。如果我们也要拍一部这样的电影的话，我作为旁白倒是想挑战一下。"

不过，我作为旁白，实在没什么说服力，估计不会有太大成果——"反正之后会喊'咔'吧？"这种推测实在令人遗憾。

"或者说，我们把这个也提前设计进去？"

"那样的话就把你设计成虚构的存在吧。"

他的话好过分啊，什么虚构的存在，我差点儿被他美妙的声音所迷惑。

前辈原来是讨厌我的啊。

"我觉得你是有当旁白的天资的，不过，眉美同学，现在请你好好读一下这个比赛主办方的名字。"

"主办方的名字？"

这个比赛的名字就够可疑了。

或者说是过于正经。

什么全国中学生艺术文化电影节啊。

不对不对，不论是艺术还是文化都是美好的存在，甚至可以说是妙极了的存在。

这是我这几个月以来，以美少年侦探团新成员的身份所学到的……

没错，正是美学。

不管是艺术还是文化，都是绝美的存在——但是，如果连在一起变成"艺术文化"这么一个四字词语，总给人一种俗气的感觉，听起来一点儿也不美好了。

特别是后面还跟着一个"节"字。

都怪这个字眼太可疑了，我才忍不住开了个玩笑

（这是假的，我基本没有正经的时候）。

"胎教委员会，艺术文化启蒙部……啊！"

我才反应过来。

不不不，我并不是因为"艺术文化"后面又跟了"启蒙"两个字的奇特措辞……

"天才少年！快看！是那个胎教委员会！"

"创作早就发现了，眉美，他在看不起你哦。"

我不禁站起身来，对我的夸张反应，前辈则无奈地耸了耸肩——中学生耸什么肩啊。

天才少年才不是看不起我，他是眼里根本没有我。

"没错，就是那个搞垮了我们对手学校发饰中学、自称第二教育委员会的危险组织。"

"搞垮……嗯，确实如此。"

或者可以说是打败。

作为本校的学生会会长，我，美观眉美本人，曾潜入对手学校进行调查。该怎么说呢……该用什么样的语言来形容"兔女郎"在学校里逍遥跋扈的状态呢？

不过那次深入调查的时候，我也扮成了"兔女郎"……顺便一提，我现在又换回了平日里的男装打扮。

没错，现在穿男装成为了我的"日常状态"。

美少年侦探团的成员，瞳岛眉美。

"欸……所以这个电影节是胎教委员会的一步棋吗？啊，但是，确实……"

艺术文化电影节——这实在是太像那伙人会做出来的事情了。不，倒也不是说我有多清楚他们的行事作风。可如果认为他们是一个被迷雾笼罩的传说，没有人知晓其真面目的存在，那就大错特错了。

情况完全相反。

这是一个拥有官方网站的正式组织。通过发饰中学的学生会会长札规谎，我们很快开始了调查胎教委员会详细情况的侦探活动，我们发现，他们是一个官方认可的组织。

他们并非不为人知的神秘组织，其庐山真面目反倒过于典型。

是受到了政府委托的民间组织。

表面上，这是一个为了纠正过去那种强行灌输知识、强调死记硬背的填鸭式教学模式，为了推动艺术类课程的普及而设立的非营利、公益性质的委员会——听起来是一个多么堂堂正正的组织啊。

似乎应该受到世人的赞美。

如果仅从这个角度看的话，胎教委员会的准则并不违反美少年侦探团的理念——或者说是团规。甚至可以说是有一致的地方。

可是……根据我从札规同学那里了解到的消息，以及我之前接触他们安插在指轮学园内的"刺客"的经验，我知道，他们无孔不入，无处不在。他们绝不是什么无关紧要、无伤大雅的存在。

而是更加厉害的……

柔和——温柔的存在。

是能够在无形中将人彻底腐蚀的温柔。

是我们绝对的敌人。

"那些不想学习数学、理科、语文和历史的小孩，已经无药可救了——会问出'学校教的东西出了社会有什么用？'这种问题的学生，已经不会再给这个社会带来任何贡献了。"

前辈压低声音讲述着胎教委员会的理念，营造出邪恶组织的团长的感觉。

比鬼故事还让人起鸡皮疙瘩。

干吗要这样吓我啊？

"再这样我可就要抱住你了！"

"进行美术和音乐的推广对他们来说不过是一种计策，而不是真的想要贯彻的理念。"

听到我可能要给他一个热情的拥抱，前辈立刻恢复了正常的声音，这个坏蛋。

"也就是说这是他们的一种筛选手段，会被艺术所吸引的人是没有资格学习的吗？"

平时总是温文尔雅，对（除我以外的）所有后辈都彬彬有礼的前辈，此刻，他话里话外都充满了对胎教委员会的愤恨情绪——还有差不多一个月就要毕业的他，其实没有必要再去忧心指轮学园初中部的未来，可作为前任学生会会长的责任感让他无法对现状置之不理。

不，还是有必要的吧。

美少年侦探团的团长双头院学——那个小五郎现在还是小学五年级的学生，怎么也不能让他几年后进入一个堕落的初中部。

与"美"渐行渐远，这不是一件好事。

"如果这样下去，等到前辈那个小学二年级的未婚妻入学的时候，谁知道会变成什么样呢。就算前辈是萝莉控，应该也不想看到小湖泷扮成兔女郎的样子吧。"

"我不是萝莉控，那不过是父母定下的婚约罢了。更何况兔女郎装扮什么的我在家族聚会上早就见过了，你现在说这话太晚了。"

"喂，你说什么呢，什么叫太晚了。"

"胎教委员会虽然没什么知名度，但起码表面上也是一个官方认可的组织，一直以来我们都没有直接接触他们的途径，如果想要和他们产生什么实实在在的联系，既麻烦又费时，而且障碍重重。真等到手续下来，他们的目的也早就达成了。"

确实如此。

事实上，可以把这件事理解为和邪恶组织——比如说犯罪团体"二十人"组织的对抗，这样一来接下来的进展就很明朗了，我们的行动虽不能说是惩恶扬善，起码也是伸张正义。

可是，再怎么说对方也是所谓的"第二教育委员会"，如果就这么和他们硬碰硬，那我们岂不是就成了坏人……话虽如此，情况不容乐观，我们根本没时间按程序申请会见。

不能说是穷途末路，只能说是无路可走了。

"这样啊……所以，只能利用电影节。"

这不是什么随随便便的计划。

而是前辈琢磨出来的最佳方案，同时也是唯一的可行之策——打入敌人内部，如果能够在这场竞赛中脱颖而出，自然可以与他们联系。

和他们一决胜负。

这是一次探查活动……也就是说，对我们来说是一次堪称"难得"的侦探活动。前提是，我们就算不拿到冠军，至少也要拿到名次。

"不愧是前辈……趁我和长绳同学在角色扮演（cosplay）摄影展上周旋的时候，你竟然想出了一步可以起死回生的妙棋……"

"学生会的活动，你还是得认真些。你这样不是在加速我们的堕落吗？还拉上了长绳同学一起。请不要把我一手培养起来的优秀副会长就这么毁了。"

怎么话里话外就好像一切都是我的错……那个优秀

的副会长不过是一直在你面前装扮成乖巧的小猫罢了。

"不过现在我也戴上猫耳啦！"

"眉美同学终于交到朋友了，真是太好了。"

"你是不承认我们之间的关系吗？我的朋友。"

"你再这么叫我，我就把你踢出我们的队伍。"

你有这么大的权力？所谓的副团长。

叫他萝莉控他也就训我两句，不过是叫他一声朋友而已，居然会有这么大的反应，看来我平时做人真的很失败。

"总而言之，前辈劳苦功高，感谢你的付出。"

"你的夸奖没有半点儿营养。"

"就算全世界都否定你的想法，我也会一直站在你这一边的。"

"你的假设就没有存在的必要。"

"不过，冷不丁说要拍电影……虽说也是艺术领域吧，可好像还是有些不太一样。"我自己是这么觉得的。

真的是第一直觉。

"唔，这里的电影，可以理解为有声电影吗？"

"能不能不要表现得好像你只看过古早的黑白默片一

样啊，眉美同学？"

"那我还是不要把电影叫作什么银幕了，不过话说回来，'国王的新衣'这个题目，怎么有一种小学生汇报演出的感觉……了解了胎教委员会以后，总觉得里面有什么别的深刻含义。"

"确实。"

公告上注明了"可改编"，看来并不是想让我们一字不差地演绎经典童话……如果没有自己的特色，很难脱颖而出的意思？

特色？

此外，"仅限艺术、文化方面的内容"这一条也很让人在意……题目是《国王的新衣》[1]，但让总是光着腿的美腿同学主演一个《裸足的国王》什么的，应该是拿不到名次的吧。

这样是不可能打入敌人内部的，只能等着吃闭门羹了。

"这可不一定哦，虽然用了'仅限'这种词，但是其

---

1 "国王的新衣"在日语中的写法为"裸の王様"，直译为"裸体的国王"。

中的标准是非常暧昧的……什么是艺术，什么是文化，谁也没办法说清楚。"

这正是胎教委员会做手脚的地方，前辈说道。

做手脚？

"现在投稿参赛的大部分作品都很糟糕。"

"糟糕？没想到会从前辈口中听到这种话，这也太欠考虑了。可不能这样贬低别人的作品，这你就要好好反省一下了。"

我抓紧机会表现了一下我"高尚的人格"（也是说给旁边的天才少年听的，怎么样，没法无视我了吧）。

"现在参赛的大部分作品标题都是什么《裸体的女王》。"

前辈说道。

啊，原来这么"糟糕"！

我刚才的表现真是多此一举……需要反省的应该是我吧，我怎么总是做这种无用的尝试。欸，不对，谁说《裸体的女王》不行？

不也挺好的嘛。

不过，接下来的话我就不好说了。

"但，这不糟了吗？这种情况下我们该如何公平竞赛啊？"

"不止如此。这种作品的浏览量正在直线上升，并且扩散速度惊人，与此同时，内容也变得越来越过火。"

原来是这样。

参赛公告上写着会按照浏览量进行排名……这种在动画网站投稿参赛的方式固然新颖，看似公平……却会招致过度竞争。

"好像还出现了《肌肉国王》的版本，当然了，也有少数几个参赛作品是穿衣服版本的《国王的新衣》，但成绩不太理想。"

穿衣服的版本……

我感受到了一种矛盾——与此同时，想起了发饰中学里"兔女郎"横行的情形……也就是，堕落。

这不正中了胎教委员会的下怀。

没想到历史又将重演。

"不是说仅限艺术、文化方面的内容嘛……"

"裸体在某种程度上也算是一种艺术。你忘了永久井老师的事了吗？"

"啊……你说在这个美术室里，永久井老师让学生画自己裸体的事啊，如果拿她来举例子的话……"

过于极端以至于无法反驳。

我沉默了，不过这并不代表我已经被说服。

"总不能用'因为穿着泳衣呢'这种理由来压迫游泳队的成员吧？当然了，就算有作品过了线，也仅需剥夺其参赛资格。"

关于剥夺参赛资格的内容也很清楚地写在了公告上。

在这种机制下，责任就从胎教委员会转嫁到了投稿参赛的学生身上……公开评审，不过是以公平正义为借口，巧妙地回避责任，这是只有活动主办方才能实现的风险回避。

也是一种钓鱼执法。

"为了不让《裸体的女王》这种作品获得最后的胜利，我们美少年侦探团必须认真对待这次的电影比赛。"

"就算你这么说了，但我还是提不起兴致……如果可以的话，我甚至不想参与到这种低劣的竞争当中去……"

不对，难道这才是胎教委员会的目的……让对手丧失战斗意愿也是一种值得称道的战略。

这一点着实棘手。

"真遗憾，虽然说不定能在比赛中胜出，但看来《裸足的国王》这部作品是没办法参赛了。"

不过，美腿飙太应该也不会答应出演这种角色吧。

我已经能想象到他听到这一提议后的怒火了。

"嗯，如果我们不采取其他的方法获胜，就相当于自投罗网——好在他们的计划也不是完美的，我们还能找到突破口。"

"突破口？"

"看这句——和'艺术、文化方面的内容'这种暧昧的规定相比，这句话还是很清楚的。"

前辈指着"主题"那一行。

"也就是'笨蛋看不见的衣服'，根据我的推断，这句看似没有必要的话，正是我们突破胎教委员会思想束缚的关键。"

3. 笨蛋看不见的衣服

　　大概没有人不知道安徒生创作的童话故事《国王的新衣》吧！简单来说，这是一个诈骗犯的故事。

　　假装裁缝的诈骗犯将一件并不存在的衣服卖给了国王，他声称只有聪明的人才可以看到这件衣服……不想被认为是笨蛋的国王，虚张声势，花大价钱买下了并不存在的衣服。

　　不仅如此，他还穿着所谓的"华服"，大摇大摆地在街上游行……

　　只有最纯真的孩子说出了那一句：

　　"国王什么都没有穿！"

　　"这条规定确实——没有必要，要是想让中学生堕落下去，光是'什么都没穿'这一个关键词就够了。"

　　"那就有点儿极端了，不过确实有些奇怪，为什么要加上这一句呢——难道是有什么不得不加的缘由？顺着这条线索探究，一定能够挖掘出更深层次的东西。"

所谓"一定"，倒是有些绝对了。

万事没有绝对。

他们提出这样一个主题，或许就是为了误导我们……学生会选举战的往事不堪回首，这种事情他们绝对做得出来。

不过，就算那是圈套，到时候我们也能找出他们设下这种圈套的理由……目前为止，我们与胎教委员会的战斗都过于缺乏真实感，仿佛与看不见的敌人搏斗一般。而现在，情况终于发生了一些变化。

虽说目前还没有任何实际进展，但是我已经有成功的信心了。

言归正传，嗯，拍电影啊……

"不限人数，不限预算，听起来也很堕落呢……这样一来，岂不是无所禁忌了吗？"

听起来和那种没有任何限制的巴西格斗（Vale Tudo）有异曲同工之妙。

这也显得主题"笨蛋看不见的衣服"越发格格不入。

多此一举的参赛限制与形同虚设的规则。

他们的目的到底是什么……笨蛋看不见的衣服，乍一听这似乎是"美观眉美"所擅长的领域。不对，关键不是"笨蛋"，而是"看不见"这一点……这本应该是能够用到我的视力的地方。

所以前辈在团长以及其他成员还没有来的时候就实验性地向我提出了这个问题……我对此却毫无头绪。

故事中的国王起码还能不懂装懂，我却连这一点都做不到啊。

"虽然说是不限人数，但能参加活动的也就咱们几个，也就是六个人……不对，团长是小学生，他还没有参赛资格。"

"这点不用担心，我有办法解决。毕竟，团长是不会错过这种活动的。"

这倒是。

先不说和胎教委员会的对抗，光是和大家一起进行电影创作这种活动，就一定少不了他，毕竟这正是"美学之学"的好球区[1]。

1　棒球术语，指击球手击球时，投手投出的球落在本垒板上方的特定区域。

"不过，的确应该尽量控制知情范围，就我们几个来组队吧。这场对决看不见终点，还是不要牵扯太多外部人员比较好。"

也就是说长绳和湖泷没可能友情出演了……有点儿可惜。且不论这两位的性格如何，她们出镜的话，画面会很养眼吧。

好想在银幕上一睹雪女和座敷童子的风采。

美少年侦探团的活动和看似"正大光明"的胎教委员会相反，是相对隐蔽的，确实不好寻求外界帮助……不光是团长，其他成员能不能参与也不好说。

"那我们就不以侦探团，而是以学生会名义参与——反正也有前例，之前学生会换届选举的时候，我们不就分别以个人名义助力现任学生会会长了吗？"

"原来如此。"

这倒是行得通。

如果是学生会活动的话，就算湖泷同学不行，长绳同学还是有可能参加的。但太过贪心可不好。

长绳同学作为学生会成员，曾一度因胎教委员会的行动而受到伤害……不能再把她往火坑里推了。

"《国王的新衣》也不是那种需要很多人的剧目，六个人应该够了……不过，虽然公告上写着'不限预算'，可也不能完全不限。"

虽然团队人数不多，但是美少年侦探团的项目预算还是相当宽裕的……毕竟我们有指轮财团继承人、财团直接管理者、虽然是初中一年级却是事实上的理事长坐镇。

他就在旁边无视着我——我本以为是这样，可他现在似乎正在直勾勾盯着我。

无言凝视。

什么意思？猛地被他这么盯着反而有点儿恐怖的感觉……难道他已经把我看作一个演员了吗？

我，性格演员[1]的化身——瞳岛眉美？

美术创作，作为美少年侦探团的美术担当，难不成他的心中默默燃起了拍电影的热情？有动力是好事，可即使他的资产取之不尽，我们也不能仰仗他的钱包。

1　表演术语，区别于本色演员，性格演员能够根据角色的需要调整表演，使之符合各种不同人物形象。

美少年侦探团曾拥有的直升机和美术室内豪华的艺术装饰品，全都是天才少年的——所以投资一下我们的电影，对他来说不过是九牛一毛吧？不过，这次情况不太一样。

利用金钱来达成目标，这正是胎教委员会所希望看到的，如果参赛要求上写明"需遵守预算限制"的话还好，特意强调了"没有预算限制"，其实正是在煽动我们比拼谁的资金更雄厚。

这是一个陷阱。

我们不能顺着他们的意思来。

我倒是不觉得勤俭节约就一定是什么美德（我并不是"美德眉美"，这一点不言而喻），只是，我这种扭捏的人并不认为有谁能定义艺术的本质。

奢华的就不是艺术了吗？我并不这么认为。可既然规则说了没有预算限制，我就偏不想靠金钱取胜，我要靠我的智慧。事实上，美术室之前的拥有者永久井老师曾花费大量金钱打造现代帕诺拉马岛的景观，其成果却过于畸形。

包括裸体的事情在内，艺术家和胎教委员会真的是一念之差——所以，我们必须警惕这一点。"依靠自己的头脑而不是一味砸钱，态度很端正嘛，眉美同学。"

哇塞，我居然被夸奖了。

久违的夸奖（开心）。

"嗯，那就先按照这个方针，我们大家各自提出自己的想法，然后从中选择最佳方案，目标是拍摄低成本电影，并由方案的提出者担任导演。"

"导演？"

导演兼编剧兼主演，感觉会很辛苦，不过，毕竟预算有限，这也是没有办法的办法——而且，他刚刚都夸奖我了，我也必须尽自己的一份力嘛。

回归正题，说到"笨蛋看不见的衣服"……这种形式下，我倒是不觉得自己的意见会被采用。但这和平时的推理大战不同，我作为"美观眉美"，也是时候展现自己的存在感了。

让我好好发挥一下自己的能力与魅力吧。

"那就找个旅馆，先好好构思个半年吧。"

"你以为你是什么名家吗？我们可没那么闲。"

"也是哦，截止日期是什么时候来着？"

网站上已经涌现出了不少参赛作品，想来我们也没有那么多时间了——虽然我对于时间的紧迫已经有了一定的心理准备，但前辈给我的回答还是远远超出了预期。

"明天。"

"欸？明天？意思是明天之前要有一个确切的构思出来吗？这也太赶了！"

"不是的。整个比赛的截止日期，是明天。"

4. 电影创作期间

尽管听起来很不靠谱，但听他这么一说，这分明是令对方感到出其不意，且可以趁虚而入的妙策。可我一开始就觉得奇怪：对于参加"电影节"这个上上策，前辈作为提出者似乎在提议的时候就并没有表现出特别高的热情。大概是他也觉得时间紧迫？

明天。

充满希望的明天？

岂不只剩一天了！

到明天23点59分59秒，不光要想好怎么拍，还需要把脚本、器材、服装全部准备好，还要完成拍摄、剪辑、投稿等一系列操作——哪怕没拍过电影的外行都知道，这是不可能完成的事情。

而且完成投稿并不意味着一切的结束。

并不是只要作品好就万事大吉了——大赛的胜负是由浏览量决定的。

所以即使是能言善辩的前辈，也不由得沉默了。

即便如此，我也不能对他说"哈哈哈，您拿我开玩笑呢？那这件事就算啦？"之类的话否决这个方案。

毕竟，当我和长绳还在玩闹的时候，前辈一直在努力寻找出路。这是他好不容易找到的突破口，怎么能就此作罢！

"保险起见，我想确认一下，截止日期指的是投稿的截止日，并不是要以明天这个时候的浏览量定胜负吧。"

如果是这样的话，任务也太艰巨了，我们必输无疑。

早早完成电影制作并投稿的队伍肯定更有优势，但也应该给后发组留一些机会……至少从表面上看，胎教委员会是一个公正的组织，应该不会在这种地方疏忽大意。

前辈表示：

"嗯，结果要在截止日期一周后公布。可尽管如此，局势对后发组依旧相当不利……虽然优势也肯定是有的……"

没错，关键在于"虽然"二字。形势已经非常严峻了……无法否认，早在本人——瞳岛眉美当上学生会会长的时候，指轮学园初中部就已经相当堕落了。

现在已经不是什么紧要关头，只能说是最后关头。

这时，天才少年站了起来……他终于将视线从我身上移开，起身离开了美术室，并没有对此次会议发表任何意见。

欸？怎么了？生气了？

"噗，看来创作同学已经有了主意……并开始行动了。"

前辈可真是乐观。

他的猜测究竟对不对呢？这要看他和天才少年是否心意相通了。

从我的角度来看，只觉得是冷漠的一年级学生在用沉默与离席对三年级学长异想天开的计划表示抗议……

"眉美同学，这下你可不能偷懒了。其他团员就由我来联系，请你也快行动起来。不用客气哦。"

"这……（什么叫不用客气？）可是我之后还有其他安排……"

"有其他安排？"

有什么好惊讶的？

他的语气就像是在说"就凭你？"。

没错，就凭我。

你是觉得性格恶劣就没人约吗？

先说明一下，我并不是要和长绳同学举办个人摄影展……而是有更加私人的事情要办。

虽然是私人安排，但我想把这件事告诉大家。老实说，这就是我今天来美术室的本意。但被表情严肃的前辈抢了先机，我也就不好再开口了……天才少年此刻已经离开，如果要等其他成员，也就是不良学生、美腿同学和团长到来的话，估计我会赶不上我的安排——预约了。

还是等之后再说吧。

需要考虑的事情又多了一个。

"我先走了，别担心，电影的事情我会好好想想的。"

"不要去找札规同学哦。"

结果我就收到了这么一句话。

嗓音很动听，可是警告好刺耳啊。

看起来，他是在怀疑我约了札规同学见面。按说被人怀疑揣测，我应该不开心才对。不过，毕竟我之前有

"前科"（有两次），所以也不好反驳他什么。

札规同学之前还给我们提供过情报呢，倒也不需要如此提防他吧。哎，算了，前辈和札规同学的过节不一般，我没法介入。

怎么就不能搞好关系呢？

"嗯，当然不是去找他。不过……"

我追问了一句。

"用札规同学提供的器材拍摄呢？不是借他的灵感，而是借他的器材。"

5. 构思

想来这真的是一个很好的时代。

在十年前——就比如说我第一次在天空中看到那颗所谓的"黑暗星"的时候,"用一天完成一部电影!"这种事情一定会被认为是异想天开。

科技上的差距是以前的人类如何绞尽脑汁都无法跨越的。

而现在,尽管有一定难度,但对于今天的时代而言,不可能已经成为可能——这归功于科技的进步。

可以这么说,只要有一台智能手机,利用摄影功能和相关的免费应用软件,都不用一天,一个小时就可以制作出像样的视频……剪辑、加工,甚至配音都可以轻松完成。

根本不需要向札规同学借器材——可能会有人觉得我们没有认真对待,也会有人斥责我们没必要如此大动干戈,浪费时间。

过去方格纸上的书写笔画被文字编辑软件取代的时候，也有过这种声音：

"用那种机器写出来的小说没有灵魂。"

灵魂。

但作为当下的年轻人，我略有微词。

如今每天都有人批评文字脱离¹现象。说起来，印刷文字也称作活字。可是我们"脱离"的那些文字，真的还有"活"着的吗——难道不是因为那种形式的文字已经蒙尘，所以我们才与它产生了距离吗？

说实话，我觉得还是网络海洋里活跃的语言更有张力……不过，凡事皆有两面性，当张力临近极限时，便随时都可能破裂。

活字，真的还"活"着吗？

科技创新的进步在有些人看来属于过剩的进化，但不得不承认的是，可供人们展示自己作品的平台呈现爆发性增长——这次比赛的投稿网站就是其中一个代表。

1　文字脱离指的是在高识字率的国家，书籍、报纸等文字媒体的利用率下降的情况。随着文字媒体的衰退，相对而言，电子媒体的使用在上升。

平台的增加提供了更多机会，我们先不讨论这到底是好事还是坏事。总而言之，平台变多了，机会也就多了。大海容得下上百条江流，"网络海洋"亦容得下一天拍摄而成的电影。于是，一天拍摄而成的电影也可以被接纳为"作品"。

大概这个时候会有权威人士想发表一下自己的意见，可我认为，门槛变低并不意味着失去灵魂。离目标越来越近并不等于大家不再认真。

至少有作品的存在能证明这一点。

比如说电影发展起步阶段诞生名作可能更容易一些——找一些"技术原因"的借口，就可以这里那里都不用那么完美。而技术爆炸的危害或者正在于此——"技术有限才做不到"这样的借口行不通了，所以只能竭尽全力。

所谓世上无难事。

既然现在的情况是需要在一天内完成电影拍摄，只要技术允许，那就不能退缩……不管如何，有现成的工具摆在眼前，哪有不用的道理——哪怕是黑科技。

毕竟札规同学在与胎教委员会一战中落败并堕落，

而我们受他所托……

不对。

如果是因为这个原因，我们就不会用他给的器材了……这次我们选择制作一部"低成本电影"，在旁人看来或许是毫无意义的操作，对我们来说却是比金钱更奢侈的决定。绝不可以忘记这一点。

我们对于胎教委员会的观念嗤之以鼻，可这并不意味着我们就是正义的一方——我们不过是美学的信徒。

不过是在将团规贯彻到底。

这是绝对不能搞错的……如果我们将自己看作是正义的代表，就和他们没有区别了。

一切和正确与否并无关系。

美，是我们唯一的追求。

对了对了，说起这个——比起明天就是截止日期，以及"笨蛋看不见的衣服"这个主题，其实我们还有一个更大的难题。

人数的问题还好，毕竟是面向校内的童话题材电影，而且时长也短（5分钟至10分钟）——关键问题是我们的演员列表。

自然是除我以外剩下的这几个人。

一两个美少年还好说，出场全员都是美少年总给人一种不安的感觉——我对于艺术文化方面倒也没有那么高的要求，但随着思考的深入，总感觉会遇到比"裸体的女王"更难对付的问题。

出场全员都是美少年。

这在日本被称作"邦画"，一种大众喜闻乐见的电影形式。

6. 预约

"不要在这里自顾自发表长篇大论了，这只会暴露你的无知。你就是那种只会说'现在的日本电影都是续集或者改编'的人吧？可是国外的电影不也一样吗？"

正当我耳边仿佛响起不良学生猛烈的讽刺的时候，我终于到达了目的地。

之前，我以所谓"其他安排"含糊其辞地应付了前辈的询问，甚至被前辈怀疑是不是和札规及其领导的流氓美人队私下有勾结（会被这么认为倒也正常）。我之所以这么做，倒不是想故作神秘，而是单纯因为觉得自己要做的这件事有点儿难以启齿——本来想等大家都到了就坦白的，但是，很明显，如果我说了，气氛就会变得很奇怪。与其那样尴尬，倒不如干脆不说。到头来，我还是怕了。

我的目的地是医院。

要见的也并不是牙医，而是眼科医生。

　　我可能还没有说过，我之所以被称为"美观眉美"，并不是因为我喜欢大扫除——并不是因为我一放假就上街参加志愿者清扫活动。

　　而是因为我拥有着绝佳的视力。

　　我的视力能力远超常人。

　　打个夸张的比方——听起来很傻的比方。如果 5.0 算是一般人认为比较好的视力水平的话，我的视力水平大概是 100.0……我可以看到夜空中不易被观察到的星星，甚至可以透视。

　　这并不是什么长处。

　　绝对不是。

　　团长十分看好这一点，我倒觉得不好也不坏。眼睛让我看到了黑暗星，也让我荒废了十年，以至于性格变得恶劣——反正俗话说得好，过犹不及，这样超出常人的视力也给我的生活带来了一些不便，所以我平常都会戴上特制的眼镜来抑制自己的视力。

　　然而这不过是徒劳的抵抗，这种好到离谱的视力并不能永远持续下去——过载的信息量涌入我的大脑，给我的眼睛带来了极大的负担。

是视觉神经的原因吗？我也说不清楚。

总之，我的眼睛还有待进一步研究，因此定期的检查不可或缺——明知不可或缺，我却还是偷懒了。这段时间，我根本没去医院。

不过，今年又是合宿又是选举大会的，我实在分身乏术……终于，我的医生看不下去了，主动联系了我。

从小学的时候开始，我的眼睛就是由这位医生负责的。

"明天的诊疗时间结束后我要给你做个检查，你一定要过来一趟。"她的信息让我感觉到了一种严厉的命令感。唔，面对从小就认识的人，我总是难以说出拒绝的话来。

"您真是一个热衷于做研究的人呢！"我很想这么阴阳怪气地调侃她，但我没有这么做。我很清楚，这不只是因为科研精神。况且人家特意安排了下班时间给我检查，这要人如何拒绝？所以我只好中断美少年侦探团的活动，来医院进行视力检查。

嗯，对了。

也是，最近发觉眼镜的度数不太合适了，借此机会调整一下也好——我是特意往乐观的方向想的，对于医生来说，约好的定期的检查被爽约无疑是一件让人不悦的事情。不过，医生并没有和我生气。

检查很顺利，不过就在我以为马上就可以离开的时候，医生突然对我说：

"小眉美，现在能不能把你父母亲叫过来？"

欸？什么情况。

不过是没有按时做定期检查罢了，有必要叫家长吗？

"这……这个嘛，我可能没和您说过，我父母因为工作原因需要经常出国……父亲现在好像是在布拉格，母亲应该是在维也纳……"

一边找借口搪塞医生，一边想我的父母是什么时候成音乐家了——这是谁家的问题少女啊！

不开玩笑，我不希望把他们叫来。

曾经，我为了寻找一颗黑暗星，几乎荒废了十年的光阴。我的眼睛也成了家里的禁忌话题……每每提及和我的视力相关的事情，周围就只剩下动筷子的声音。

哪怕和我的视力无关，只是爸爸看的电视节目里出现了"戴眼镜的女生"这样的字眼，妈妈都会换台。

也可能妈妈只是不希望爸爸看这种类型的节目吧。反之亦然——妈妈看的电视节目里有所谓"眼镜王子"登场，爸爸也会不高兴。

治疗所需要的费用也不是一笔小数目——如果是视力太差，或许还能有医疗保险补贴，可像我这种视力过好的情况，并不在保险范围内。算了，他们再怎么不高兴，也承担了我的治疗费、饮食费以及学费。医生叫我通知他们，我难道还有别的选择不成……当学生和拍电影一样，都缺不了赞助商啊。

天呐。

"他们有些忙，没有什么大事估计不会出面的，果然是因为眼镜有问题吗？不是修眼镜而是换一个眼镜的话，确实需要花不少钱呢！"

"不是要换眼镜。"

"欸？可是，最近总感觉这个眼镜不太对……"

"不是眼镜的问题。问题在于，小眉美，你的视力变得更好了。"

医生没有因为我的缺诊而生气，也没有指责我自作自受。

也许，她是在可怜我。

"甚至不是好了一星半点儿——在你没有来的这几个月里，你的视力出现了爆发性提升，你现在的眼镜已经抑制不住了。你明白这是什么意思吗？"

她"问诊"道。

我的视力居然爆发性提升了。

原本 100.0 的视力变成了 1000.0——这么高！

凭借这一点，我就能全身心参与美少年侦探团的活动！成为团长的得力助手！对了，这次的电影创作活动中我也一定能发光发热！

不对不对……

"这意味着，我失明的时间会稍微提前吗？"

"你的眼睛本来就是个炸弹。目前看来，这个炸弹很快就会爆炸了。"

总之就是会爆炸？

到了那个时候，就算我的眼球不会像烟花一样炸裂，实际情况也差不多。

其实我早有心理准备。

过于优越的视力早晚有一天会因为疲惫而退化，最终燃烬——正因为对这一点心知肚明，所以我才放弃了成为航天员，放弃了我一生中最重要的梦想……

不过，在团长的帮助下，我放弃了梦想，却没有违背美学——经过就是这样。

"为什么会变成这样，你自己知道原因吗？"

事实摆在眼前，医生没有再重复我的情况。

嗯，老实说，我知道，怎么可能不知道——在加入美少年侦探团的这段时间里，我过度"使用"了自己的视力，其强度远远超过了我此前的人生，甚至，可以说是透支。

在此之前，我曾因这双眼睛而自卑。明明是自己的眼睛，我却对其厌恶到了无法直视的地步——认为这双眼睛毁了我的人生，将一切的一切都归结到了眼睛上。

所以任何对这双眼睛的夸奖都会让我愤懑不已……这双眼睛让我看到一个梦想，却为什么又夺走了它呢？将我从这样的阴影中解放出来的正是团长。

不管我再怎么生气，心情再怎么不愉快，团长还是会持续不断地夸赞我眼睛的"美丽"。多亏了他。

"你对这样的结果是有自知之明的，对吧？所以，你没有定期复诊，直到我这样叫你才来。"

不对……不是这样的，不是的。

我只是嫌麻烦……

可回想一下，我的视力在这几个月出现大幅度提升是不可否认的事实——和"二十人"组织的交手，和流氓美人队的角力，和声子老师的纠葛以及和胎教委员会的交锋……经历过这些之后，我的视力确实出现了飞跃性的提升——我解锁了多个技能，目前看来，我的视力甚至可以被划为是超能力了。

别说透视，联觉和热成像我都能轻而易举做到，就像通货膨胀……

还是激活阶段？

"是因为我这几个月频繁使用了之前闲置的技能，对眼睛造成了负担吗？"

岂止频繁。

简直可以说是挥霍无度了。

我甚至利用视力分析过料理成分，就因为好奇不良学生做饭好吃的秘密——我是笨蛋吗？

"倒不是负担，而是锻炼。"

医生说道。

她的困惑似乎解开了一点儿——作为医生，她很关心我。可有时，她在我面前更像是个研究者。能看到这一面，也要"归功"于我的视力。

不管是我想看到的，还是不想看到的，我都能看到。

"锻炼？"

"有一种眼保健操就是通过锻炼眼部的肌肉来达到改善视力的目的，很多事情都是这样的，越练越好，不管本人有没有意识到。"

过度用眼带来了视力的提升，却也加快了失明的进程……到底要改善还是要恶化。好讽刺。大起大落的……

我从前一直厌恶自己异于常人的视力，如今终于能够积极看待并运用它，却又为自己的失明埋下了伏笔。

现在确实到了必须通知家长的地步了——我很叛逆，可也没有独立到可以自己解决这件事的地步。

我没有一个人做决定的资格。

我需要和父母一起确定好之后的治疗方案。

　　医生的问诊结束了，可我的人生还没有结束。

　　必须提高定期复诊的频率了吧……不，说不定需要住院。

　　只是在进入到具体流程之前，也就是在我父母介入之前，我有问题需要先和医生确认。

　　而且是两个问题。

　　"请问……如果按照现在这个势头继续用眼的话，我会怎么样呢？"

　　"按照这个势头指的是继续这样锻炼眼睛吗？那么，你的视力很可能持续提升啊——特制眼镜造成的差距已经追回来了，接下来，就不是什么突飞猛进了，说不定会有一个指数级增长哦。"

　　太夸张了吧？

　　但我无法付之一笑。医生的话虽然有夸张的成分在里头，却也不是毫无依据——什么事都是越练越好，锻炼也是。

　　我加入美少年侦探团差不多半年了。已经就要掌握训练要领了——眼球、眼肌和视神经进入了第二次成长期也不奇怪。

好好，我明白了。

还有一个问题。

"那么，要是我按时更换眼镜，尽量去维持现在的情况，您觉得，到我完全失去视力为止，大概还有多长时间？"

"这要看接下来精密检查的结果。不过，我和你也认识这么长时间了，我就开诚布公地讲了……"

中学毕业前，你就会失明。

这是来自医生的宣判。

原来如此，原来如此。

7. 第二次电影创作会

次日早晨，美少年侦探团的成员们在美术室集合——与昨日不同，今天是全员集合。

又过了一晚上，大家必须在今天完成电影的拍摄（以及投稿），等到放学后就来不及了，一秒钟也不能耽误。

"早上好！天气真不错啊！今天也不遗余力地追求美丽吧！首先让我们向缪斯女神致以最崇高的敬意！"

我元气满满地打开美术室大门，自认为自己没有表现出任何异常。

"昨天你去医院，医生怎么说？"

扑面而来的却是不良学生瘆人的声音——不光是他，向来氛围轻松愉快的美术室此刻仿佛灵堂般阴沉。

是谁死了吗？

有谁成了幽灵吗？

团长也一反常态没了笑容，气氛担当美腿同学没有保持他展示美腿的招牌倒立动作，而是一本正经端坐在沙发上……即使不用我那好得过头的视力也能发现，这里的氛围十分异常。

他们是怎么知道的？

"你的位置信息可随时掌握着呢，我们自然知道昨天你去了眼科。"

原来，我没有什么隐私可言。

"啊，是说昨天的定期检查吗？就和平常一样啊，医生说我挺好的。"

我没有撒谎。

确实是想把大家骗过去，但我没有说谎。

眼睛情况很好，而且是爆发性地变好了。

"开什么玩笑！性格阴暗的你今天竟然如此开朗地走进美术室，情况已经很明显了！"

他生气了。

关于性格阴暗这个事情我是想反驳一下的，不过眼下的情况似乎不适合逗乐……

我定期检查的日程他们大概率也掌握了，不过应该还不知道具体的诊断内容……就算他们找到了我的医生，医生也有义务对病人的信息保密。

正这么想着，团长向我摊牌：

"没关系，眉美，你不用瞒着我们。长广联系了你父母，已经从他们那里知道了具体情况。"

"喂！萝莉控！"

"都说了我不是萝莉控，只不过父母擅自为我定下来的未婚妻恰巧是小学生而已。"

"又不是'不许用姓氏叫我！只有敌人才会以姓氏称呼。'[1] 你就别把这句话当成关键台词了，这哪里'关键'啦？"

面对前辈，也就是前任学生会会长，我如此出言不逊。

被父母擅自定下婚约的你为什么和我父母的关系那么亲密！

我父母确实没有义务对我的信息保密。

硬要说的话，他们对我只有监护义务。

---

1 这句台词是西尾维新《斩首循环》（《戏言》系列第一册）一书中哀川润的标志性台词。

唔，看来是前任学生会会长的名号让我的父母放下了戒心……遭遇二十人组织绑架之后，有一段时间成员们都会接送我上下学，难道那个时候前辈就和他们有了联系？

信息交流社会太可怕了。

居然还有人能和后辈的父母成为朋友。

这不是讲道理，我只是不喜欢这样。

"总之先坐到自己的座位上，尝尝我新榨的蓝莓汁，然后我们要听你亲口讲讲这件事情。当然，我相信你本来就是这么打算的。"

说到这儿，不良学生终于让我进屋了……真不爽，你这个大块头竟敢挡道！而且，蓝莓汁并没有恢复视力的功效吧（要是有可就麻烦了），算了，我还是收下他的好意吧。

蓝莓汁好好喝！

好吧，事已至此，想把视力的事情瞒到电影拍摄结束是不可能了。

只能按照不良学生所说的，假装自己从一开始就打算和盘托出了——毕竟我没有什么隐私可言，在美术室里就更是如此了。

我有的只是作为美少年侦探团成员的尊严。

"哎呀，也不是什么大事。"

四周一片沉默，并没有人回应我。天才少年一言不发算是正常的事情，但连那个天使面孔的治愈系少年美腿同学也保持沉默，没有像以往那样把腿搭在我的膝盖上，氛围有点儿恐怖了……

本来时间就很紧张了。

"长话短说，因为我这段时间用眼过度，医生说如果继续这样的话，初中毕业的时候我大概就会失明。嗯，就是这样，这个话题到此结束。也不是什么大事，大家不用想得太悲壮。这件事我原本就知道，失明不过是时间早晚的问题，既然如此还不如早点儿呢。这点儿小事无伤大雅，先放一边。我们进入正题吧！诸位，要不要听一下我关于《国王的新衣》的影片策划！"

"医生明确说了，你需要停止用眼。"

团长很认真地说道。

这个小五郎关键时刻从不掉链子呢。

"看现在的情况，已经不能让眉美同学继续参与我们的活动了。至少这次的活动是这样。"

"欸……"

我有些沮丧。

我也不是说非要参加这次电影拍摄活动不可，不过就这样被拒之门外，确实是我没有想到的。

事实上，医生并没有让我停止用眼。

准确说来，她并没有不让我做什么。

除了戴上特制眼镜对视力进行抑制以外，目前没有别的对策……就算让我"尽量不要用眼"，但我闭着眼睛也能看到眼皮外的世界，完全拿它没有办法，何来休息一说？

难道要拿厚厚的铁板挡在眼前吗？不行，那样可能会适得其反。遮挡会让我下意识进行"透视"，反而会导致视力的进化——一定程度的负担是锻炼的基本条件。

而且不当的休息也有可能导致视力越来越好……现在做什么都有可能是错的。到头来，我只能一边"静静等待一切发生"，一边期待医学的进步。

"话虽如此，最好还是不要太勉强了。"

这倒是。

"怎么说都是我太疏忽了，没有尽到团长的责任，一直以来，我们都太过于依赖眉美的视力了。我向你道歉。如果有什么我能做的，你尽管开口。"

"那就让我参加这次的电影拍摄活动吧。"

"不行。"

他的坚持不容动摇。

确实是团长的作风。

嗯，这就难办了。如果只是医生的禁令，那我大可以像很多运动漫画里的主人公一样，当成耳旁风即可。可在美少年侦探团里，团长拥有绝对权威，我绝不可能无视。

前辈甚至有办法让本没有参与资格的小五郎参加中学生的比赛，我却无法参加，我感到了不公平——即便前辈所说的办法大概就是女装参演作战计划（这意味着在选举战的应援演说上曾出现的身份不明的女学生即将再次登场）。

这次比赛比的并不是绘画、雕刻或者建筑，而是电影创作。正如前辈昨天说的，这正是"美观眉美"展示实力的时候。可世事难料啊。

It's my life.

"但我放心不下。没有我，大家能行吗？"

"你就胡说吧。在你入团之前，我们可是一个更优秀的秘密组织。"

"是吗？是因为有直升机吗？"

"我们可没有做过把直升机当成礼物拱手让人的事情。"[1]

这样啊。

所以，说得好听点儿，我和大家是相互影响——说句不好听的，我们就是互相造成了负面影响。

那这次我就当个甩手掌柜吧！对你们的成功我拭目以待。

"什么拭目以待，不是都说了，不可以再用眼了。"

美腿同学终于忍不住开口了。

"小眉美，你要好好静养才行！要是你再踏入美术室一步，我们就绝交。"

居然说出了绝交这种话。

---

1 指《帕诺拉马岛美谈》中眉美故意把直升机输给永久井老师的事情。

真是孩子气的威胁——对了，美腿同学只是个初一的孩子嘛。

我怎么总是忘了这一点。

我终于意识到了，我居然让后辈为我担心了……

"明白了，明白了，那要持续到什么时候？总得有个截止日期吧！就定在电影完成之时，怎么样？"

"那不就只有今天。至少到比赛结果公布为止，你就老老实实的吧。"

"可比赛结果又不意味着什么，倒不如说，比赛结果出来时，我们和胎教委员会的对抗才刚刚开始……"

如果前辈在这期间毕业，岂不是来不及开离别会了——我还想好好构思一下自己的演讲，到时候以他的拿手好戏，把他感动到痛哭流涕呢。

难道是想要将我的计划扼杀在摇篮里吗？

"总之，你暂时无限期停止活动吧，等明天精密检查的结果出来再说。"

前辈给出了这场谈判的协调方案。

他甚至对我哪天接受精密检查都了如指掌，我佩服至极。

"对了，前辈，你联系的是我爸爸还是我妈妈？"

"是令堂。"

他就是用这把迷人的嗓音笼络了我妈妈啊！

不要再破坏我的家庭了……没想到萝莉控对已婚女性也这么有吸引力。

想来《洛丽塔》的男主人公为了接近少女洛丽塔，首先采取的策略就是取得洛丽塔母亲的好感。这两者也许出乎意料地并不冲突。算了，这都无所谓……不对，不能无所谓，这可不是什么好事。

这已经是社会问题了。

"好了，眉美同学，我现在命令你离开美术室——但请你记住，要保持自己少年般的初心，时刻与我们同在。"

我明白了，团长。

8. 活动停止中

基于以上的原因，我突然无事可做了。

日程上出现了空白。

从早上会议结束到放学的这段时间，说起来我只是像往常一样上下课，心里却感受到无比的无聊——万万没想到，我会以这种方式体会到，加入美少年侦探团的这半年是一段多么激动人心的时光。

可能有人会说，不过是被禁止进出美术室，还是可以选择在别的地方和团员们见面的，其实并不是这样——美少年侦探团的成员们在美术室之外基本没有交集。

简而言之，关系疏离。

虽然也有例外——自从我加入以来，我们经历了探险、合宿、选举等活动，拜此所赐，"在美术室之外基本没有交集"这条惯例的"灰色地带"也变得越来越宽。但这一系列变化的主要原因毕竟是我，如今我被下了禁令，近期内他们大概会回归常态吧。

团长还自我反思，认为这半年是不是过分依赖了我的视力。其实没有这回事。明明是我在依赖——在这群美男面前，我可以安心当个恶劣之人。

我得意忘形也不奇怪。

我不考虑后果地滥用自己的视力，以至于影响了健康。

可那不是无用功……不，确实有一部分是没有必要的浪费，但绝不是全部。

这是我的视力，我的眼睛。

我的人生。

一切应该由我自己来决定。

让活泼开朗的团长因为我的事情而自责，让富丽堂皇的美术室变得仿佛灵堂，我要对这一切负主要责任，是该好好反省一下……

所以，即便没有美腿同学那句"再踏入美术室一步就绝交"，我也不会轻举妄动的……我本想着说不定这件事能糊弄过去（嗯，我知道瞒是瞒不住的），所以，关于这部电影短片，我也准备了自己的制作想法，可现在连提案的机会也没有了。

必须小心行事。

还是当个彻头彻尾的局外人吧。

不过，我要善始善终，做好交接工作。还有一件事，哪怕被下了活动禁令我也要完成。

等这件事结束，我才是真的无事可做。所以说实话没有什么太大的动力。但我再怎么坏心眼，也不会希望那群美男因为我的缺席而陷入困境。

现在可不是沉浸在分别情绪中的时候。

于是，我约了长绳同学放学后见面——午休时间，我去了趟 A 班，请求她下课后一定要来学生会办公室，我有事和她说。

没想到，她竟然会提前做好摄影会的准备——主要还是怪我，是我的邀请方式不当，才让她产生了这样的误解。

摄影会服装是长绳同学手工制作的，虽然和天才少年的手笔还有些距离，但毕竟是她亲手缝制的，我怎么也无法拒绝。于是在放学后，我和长绳同学身着法国大革命时期的服饰，在学生会办公室进行了我们的秘密会议。我身着男装，戴着拿破仑款式的帽子，甚至感受到衣服中传来手工缝制的温柔气息——空气中弥漫着颓废的气息。不对，我要撤回之前的发言，天才少年是做不出来这种戏服的。

这里可是学生会办公室啊！

长绳这样的人居然会被冠以"雪女"的称呼，被大家敬而远之……胎教委员会真是罪孽深重。但换个角度，对她来说，找到一个能够交流自己隐藏爱好的人，或许也是一件好事吧？

好难，好烦。

怎么想才对呢？

说实话，和我这样的恶劣之人待在一起的时间久了，长绳同学的成绩一定会下降的……但我的成绩不一定能在她的影响下有所提升。

我们之间并没有发生相互作用。

毕竟我们只是在一起玩耍，又没有在一起学习——对于美少年侦探团来说，我或许还起到了某种强心剂的作用，但对于长绳来说，我带来的只有坏影响。

算不上帮助，更无法相提并论。

可是，从另一个方面来说，长绳似乎并没有对此表现出厌恶，她甚至很开心……所以，我无法阻止她的情况变得更糟糕。

真难办啊。

要是能找到一个平衡点就好了……如果我好好学习，提升自己的成绩，会不会更有资格和她成为朋友？

可是朋友之间有必要考虑什么资格不资格的吗？

而且我很清楚长绳对我并没有这样的要求……她只是单纯喜欢这样愚蠢的我。

如果说美少年侦探团的各位原谅了我的恶劣，那么长绳可以说是喜爱着我的恶劣……如果我成为一个认真可靠的学生会会长，或许长绳就会像去年在咲口前辈身边那样，做回一个冷静且一丝不苟的学生会副会长吧。

与那时的长绳相比，如今的她更好相处。虽然我总有一种在拉她下水的感觉，但是和她在一起的时候真的很开心。情况越来越复杂了……尽管这一切都只是我的一厢情愿。

"会长，请问你找我有什么事？"

拍摄结束，看到陷入沉默的我，长绳催促我进入正题。她的语气很是尊敬，似乎开启了副会长模式。(摄影的时候用的不是敬语，毕竟我们是同年级的。)

"嗯……长绳同学，你知道胎教委员会吗？"

这件事确实不好开口，光是思考就足以让我精疲力尽(毕竟我才遭遇过精密检查之前的精神紧绷状态、被禁止进出美术室的打击以及摄影会留下的创伤)，对于这个敏感的话题，我决定直接一点儿。

"当然有所耳闻，是一个与我们学生会志同道合、以艺术为追求的民间组织吧？"

这个组织的知名度并不高，由此可见长绳的知识储备。不过是否与我们志同道合这点暂且不论了。

从咲口前辈担任学生会会长的时代起，指轮学院初中部学生会执行部就一直主张不能削减学校的艺术类课目。

不过咲口前辈采取的策略并非直接把自己的主张放在台面上，而是留有余地地和学校教职人员、理事会以及家长进行着周旋——说得直白点儿，咲口前辈充分发挥了他能说会道的特长，用尽花言巧语，终于形成了指轮学园现在的局面。

他和那群成年人斡旋、交锋。在他手下工作的长绳同学也继承了他的思想主张——本来学生会会长的位置应该是长绳同学的，阴差阳错我变成了会长。这一切都和在选举战中做了手脚的胎教委员会密不可分。

长绳对此并不知情——即便之后我和她的关系再亲密，我也不打算将实情告知她。

"他们还在举办电影节是吗？真不错，让中学生参与到艺术创作活动当中，不管能不能做出成绩，对未来都是一件好事。"

"你知道就好办了。"

我惊讶于副会长的博学（大概可以称她为"博学之绳"？），并同时将对话往前推进——现在并不是和她讨论胎教委员会是非对错的时候。

一切都只是交接工作。

不管如何，既然她知道那个艺术创作活动，沟通起来就容易多了。

"前任会长咲口前辈报名参加了那个比赛，并向学生会提出了申请，你可以负责处理相关的手续吗？"

"欸？报名——我怎么隐约记得很快就要截止了？"

何止很快，截止日期就是今天。

满打满算只剩九个小时了。

"而且，咲口前辈为什么要参加电影制作？……升学迫在眉睫，他应该很忙才对。"

问题来了。

欸，这要怎么回答。

事发突然，我还没想好答案。

"对，好像听那个萝……逻辑控说是……毕业设计吧。"

"逻辑控？前任会长还有这种外号吗？"

长绳有些疑惑地歪着头。

当然没有。

"话说我们学校有设置毕业设计吗？"

"好像是针对升学考核的自由课题——嗯，他本人就是这么说的，用他那把美妙的嗓音。"

"我了解了……"

她对咲口前辈那把美妙嗓音的抵抗力有些令我堪忧。

长绳在咲口前辈身边待了将近两年，这大概是最能够让她信服的理由了。

　　只要能让她接受，具体内容怎么理解都可以。

　　正如前面所言，美少年侦探团的成员在美术室之外并无太多交集。要参与电影这种需要观众的活动，就需要一些伪装，而学生会执行部本应是本次伪装的关键。

　　必然的伪装。

　　表面上没有什么关联的成员们唯一的共同点就是在选举战时支持了一个性格恶劣的废物……也就是我。

　　这些事情我之前已经和前辈商量过，只不过由于团长禁止我继续参与美少年侦探团的活动，大概很难按原计划进行了（事实上确实很难），毕竟团长认为即便是以学生会会长的身份，我也绝不可以参与电影节的活动。

　　严禁投机取巧。

　　副团长对团长的命令是绝对服从的。于是，他指示我这个忠实的后辈把任务交给长绳同学……嗯，并不是真的交给她。

　　只是形式上而已。

　　除了我以外，学生会的成员可不能和美少年侦探团有所牵扯。这两方绝不可以合作——这是昨天和前辈交谈时我得出的结论。我们不仅不能让长绳同学帮忙出演，反而必须避免类似的情况发生。

长绳遭遇过交通事故，雪女的形象也逐渐崩塌，我不能让胎教委员会再伤害她了……我心中是这样想的。

她能够以学生会副会长的身份帮忙我就已经非常感激了——将参赛作品（能称得上是作品就好了……）以学生会的名义投稿就可以了。

"前任会长咲口前辈对我很好，既然他有需要，我自然义不容辞……可为什么要把这份工作托付给我？前任会长的正统继任者应该是身为现任会长的小瞳岛……不好意思，身为现任会长的瞳岛会长吧？"

叫我小瞳岛也没关系啦。

其实女生这样称呼我，我是很开心的……不过，如果有后辈直接喊我"眉"，那可就不一样了。

可是……

"前任会长咲口前辈的正统继任者本应该是长绳你啊。"

事实上……这并不是为了让她同意我的要求而说的场面话。

这没什么好说的……我也不希望她把这个位置让

给我。

正因为对方是长绳同学，我可以安心地把这件事交给她，或者说，让她来做才是正确的。

"如果是这样的话，我明白了。"

虽然心中疑问尚存，但这位能干的副会长最终并没有再追问下去，接受了来自我的请求。

她是我心中的最佳副会长，也是最棒的朋友。

她如果是我的女儿就好了。我真想好好保护她。

可是除了胎教委员会，现在给她带来伤害最大的就是我了。没想到我只不过穿上了男装（还有兔女郎装扮），冰美人长绳就走上了"堕落"之路……看来我还是很有影响力的。

"不过，没想到前任会长还对拍电影有兴趣啊……我都不知道他还有这样的一面。果然，再长的时间都没有办法完全了解一个人啊。"

这是肯定的。

毕竟这一面是昨天才出现的。

"长绳同学，你喜欢什么样的电影？"

为了赶紧转移话题，我装作很随意的样子开始闲谈……话虽如此，不过正如总能看穿前辈和我内心所想的不良学生指出的那样，不论是日本电影还是西方电影，我都一窍不通。让我和长绳聊电影实在是为难我了。

长绳这个人，一直给人一种能欣赏默片艺术氛围的感觉——至少，我以前是这么觉得的。要是她热情地和我谈论电影，我该怎么回应呢——"原来如此""是啊"之类的附和可以帮我糊弄过去吗？

"我只看动漫电影，啊，对了，电视广告里放的一些预告片，也会让我心潮澎湃起来呢。"

我好喜欢长绳啊……

9. 突破口＝虎穴

"我这种连半吊子都算不上的人也能看出来，艺术文化电影节的这个主题是有难度的。"

正当我沉浸于对长绳的喜爱中的时候，话题突然回到了原点……算了，强行转移话题也不太自然，绝口不提这件事也很奇怪，那就稍微讨论一下吧……只要能和她说话，怎么着都行。

我很自然地产生了这样的想法。

"你是指《国王的新衣》吗？感觉就是一个司空见惯的题目……"

"不，我是说'笨蛋看不见的衣服'这个主题。"

"啊，这样。"

没错。之前也和前辈讨论过，对方特别设置了这样一个主题，对我们来说可以算是一个突破口。现在想来，这种讨论仿佛已经是很久以前的事情了。

胎教委员会的歪念头。

"可它们不是一回事吗？提起《国王的新衣》大家都会想到'笨蛋看不见的衣服'吧，就算公告里不写，大家也都会不约而同地在电影里进行展现不是吗？"

"如果没写，那就没有任何问题，可它被设定成了主题，所以才显得奇怪。"

"被设定成了主题，所以才显得奇怪……"

她的话就像是谜语，让人丈二和尚摸不着头脑。

如果说话的人不是长绳，我早就骂人了。

看来在她身边，我的恶劣有所收敛。

"想象一下，如果是瞳岛会长，你要以此为主题拍摄一部电影……"

这不难想象，毕竟直到今天早上我都是这么计划的。

"嗯，如果你要表现'笨蛋看不见的衣服'这一主题，你会采取什么样的方法呢？参赛说明上说，可以使用 CG 技术。要是我的话，估计会用上绿幕。"

绿幕是什么？

绿色的衣服吗？

和札规同学送我的隐身布应该没有什么关联吧——本来打算在我的计划中让它大展身手的，可惜那个计划已经胎死腹中。

那个恐怖的军用武器是札规交给我个人的，我不好转交给成员们使用……不过说实话，就算我想这么做，团长也不会允许的。他实在不是一个懂得变通的人。

毕竟他是美学之学，谁也拿他没办法。

"随便什么办法，无论多么奇特的方法都行……既然要将低成本贯彻到底，不如在脖子上挂一块板子，写上'这件衣服笨蛋是看不见的'就足够了。"

电影中不太常见，舞台剧上倒是经常会看到这种表现手法。总之，这是一个浅显易懂的比喻。

"但……"

长绳突然停住了话头，一瞬间露出了雪女的表情。过去，我只能从她这样的表情中看到蔑视，可是此刻，我竟然从中感受到了一种迷人的魅力。

快用这种表情多看我几眼！

"那请你这次站在观众的角度想一想——如果你在作品中，并没有看到所谓'笨蛋看不见的衣服'，你会作何感想？"

"作何感想……"

这倒是需要努力思考一下了——一直以来我都是站在创作者的角度去考虑的，突然要站在接收信息的观众那一方去评价自己的作品，哪怕是专业人士都得缓一缓。

"嗯，可能会想'我怎么看不到'？"

和看不到隐形人是一样的吧。

说出了很愚蠢的感想，但我也说不出其他感受了——我像笨蛋一样吧！

笨蛋？

不，不是这样的。

"看来您已经明白了，没错，如果观众看不见'笨蛋看不见的衣服'，那么就相当于创作者在把观众视为笨蛋——而这是所有创作者的禁忌。"

原来如此。我一直都忽视了这一点，完全没往这方面想。

长绳同学说得没错。

确实，倘若没有把这个题目单拎出来讨论的话，那可能大家也就直接忽略了……可一旦注意到这个问题，就会发现常规的表现方法并不可行。

既然主题是"笨蛋看不见的衣服"，那么创作者就必须想办法加以表现——而这条创作之路同时会是创作者的失格之路。

成为艺术家？想都不要想。

从第一步开始就走错了。

要是创作者做出这种野蛮的事情，是不会被观众原谅的。

哎呀，"裸体的女王"这样的作品可谓愚蠢至极——这简直就是"国王的新衣"。

"国王的新衣"讲的是裁缝欺骗国王的故事，而这场文化艺术电影节的主题设置，则是讲述了如果让一群想成为艺术家的初中生，通过电影制作活动最后变成骗子的故事——就是这样。

多么高明的手段啊。

"这已经不是有没有难度的问题了……已经称得上是居心叵测了。"

"没错，这个主题确实存在陷阱。"

我脱口而出的感慨并没有让不了解胎教委员会底细的长绳多想。

"我暂时还想不到什么解决方法，但咲口前辈或许会想到什么。"

我可不这么觉得——团员们意识到这个陷阱了吗？

恐怕并没有。

他们的注意力并不在此。

那几位各有各的擅长领域，脑子也都不错，可是面对这样的恶意，美少年侦探团的各位却是毫无防备——事实上，制定侦探团此次作战计划的前辈，甚至是以这个主题为突破口的。

简直是一屁股坐进了人家布置的陷阱里——不，是虎穴里。

我真想立马起身冲到美术室去，就算现在身穿饱含长绳心血的法式军服也没有关系，此刻我只想当个通信员，完成传递信息的任务。

可我不能这么做。

无需请示团长就知道结果了——这样的行为，不美。

我想起美少年侦探团不为人知的第四条团规——"必须是团队"。

只是现在，我已经不是团队中的一员了。

能做的只有在内心祈祷。只有相信他们——信任。

对于我这样的恶劣之人，那五个人就算真的把我当作麻烦，也不曾真的把我当作笨蛋。

所以我要无条件信任他们。这样的行为也许很愚蠢，但也一定很美。

我要相信美少年侦探团。

"如果真有什么解决方法的话……"

面对正在祈祷的我，长绳说：

"那就做一件货真价实的'笨蛋看不见的衣服'吧——弄假成真，如同深夜的梦一般。"

10. 放学路上

不管怎么说，把这件事交给长绳以后，我就正式进入活动停止期，无事可做，只能乖乖放学回家……啊，如此乏味的放学真的久违了。

一点儿意思都没有。

对过去的我来说这是稀松平常的事情，人类啊，果然只要有过别样的体验就很难再接受平凡的日子了。

"没有很正常"与"有才正常"是无法同时并存的。

成长与堕落如影随形。

半年前，我是以何种坚定的心态，深夜一个人站在教学楼屋顶进行天体观测的，已经完全回忆不起来了。

我怎么会那么拼命，难道是记忆错乱了吗？

我难以相信这是过去实实在在发生过的事情。

此刻，美少年侦探团的成员们应该正在美术室里如火如荼地进行着电影拍摄吧——还是说他们已经完成任务，正在举办庆功宴呢？

没有了我在旁边碍手碍脚，说不定他们做起来还更快呢……见鬼，我怎么这么沮丧。话说回来，我似乎好久没有产生过如此消极的想法了。

曾经，我一度以为自己永远会是一个阴暗少女，但如今回看，那样的状态好像已经愈发遥远了。

正因为如此，我才害怕回到过去。

这样的后遗症，就好像大口径手枪发射子弹后的后坐力一般。

我无法忍受自己是一个无聊的人的事实——一个无聊的人走在无聊的回家路上，应该去哪里找快乐呢？如果是那帮家伙的话，是否能从如此单调的放学路上找到什么美好有趣的东西呢——一条没有任何意外或惊喜发生的普通道路。

脑子里的想法如此消极，虽然也想绕个路散散心，但我对附近的人气景点一无所知，也就没有停下自己回家的脚步。

"啊……"

明明没有边走路边看手机，怎么好好地往前走还撞上了其他学校的女学生。

"对……对不起……"

"没事，我才应该说对不起。"

你看，这样的事情不就发生了？

和路人相撞什么的……脱离了美少年侦探团成员的身份，原来遇到的就会是这样平凡的事情。

欸，不是，等等。

等等等等等等。

眼镜在一定程度上抑制了我的视力，所以如果我走路的时候心不在焉，的确是有可能撞到前面的行人的——如果是半年前的话。

如今，眼镜已经无法抑制我的视力了——就算我走路心不在焉、想东想西，这对眼球也能将庞大的视觉信息通过视神经塞进我的脑子里。

正如同我们的填鸭式教育那样。

饲料被喂进嘴里，无需选择或思考，无关我自身的意愿，视觉信息会直接灌进来。所以我即便闭着眼睛，也不会撞到什么东西，更别说是活生生的人了——说极端点，低头走路的我也能凭借微不足道的光线反射，确切掌握四周的环境。

如同超声波一般。

而且这不是意志所能控制的……我对此完全束手无策。对于现在的我来说，对我说"不要看前面"，就像是让我不要呼吸、不要心跳一样荒诞——因为复苏的消极情绪而畏缩不前的我现在比谁都要朝前看。

而就是这样的我，居然撞到了其他学校的女生？

其他学校的女生——不对。

"对不起，我本来是想捅一刀的，没想到直接撞上了，哎，行动又失败了。"

她转过头来——他，不对，就是她。

眼前的人带着没个性到让人感到可怕的表情，将那把如同是她身体一部分的蝴蝶刀——或者说那才是她的本体，啪的一声，收了起来。

11. 再会

沃野禁止郎。

在作为我的竞争对手参加选举战的时候，他确实是这样自我介绍的——来自二年级 B 班的男生。

可他实际上既不是我们学校的学生，也不叫沃野禁止郎——所以就算他实际上并不是男生，也没什么奇怪的。

没有什么出人意料或是所谓违和感——完全没有。

性别成谜。

是那个时候女扮男装？抑或是这次男扮女装……先不说性别，是不是人都不能确定。

唯有一件事可以确定。

他，或者说她，是胎教委员会安排进指轮学园的刺客——是从发饰中学开始，让数个中学陷入颓废与堕落的罪魁祸首。

蝴蝶刀已经被收进了水手服胸前的口袋里，但我也不能掉以轻心——毕竟这个不男不女让人捉摸不定的人曾经想要开车碾我，并把这项恶行实际施加在了长绳身上。

这不是威胁，也不是俏皮的玩笑。

这个家伙是真的想要下手——如果说把钥匙插进锁孔是司空见惯的事情，那么对他来说将那把蝴蝶刀刺向我就是一样司空见惯的事情。

说来也讽刺，如果我对可能的冲突有所预警，这一切或许会结束得更快些。

在活动禁令解除之前……首先迎来生命的终结。反过来说，正因为我并没有注意到这个人的存在，使得对方放弃了行动。

这个家伙是有杀意的，但还没有下定决心。

"你还是一如既往……这身制服是哪里的？你现在又在哪所学校，叫着什么名字？"

"在你面前我似乎没有撒谎的必要呢，我现在叫目口耳鼻科……你可以叫我目口同学。"

这个人怎么死不悔改，又用一个像是五秒钟决定的假名来自称……目口耳鼻科？耳鼻科？

"要是有什么烦心事，我愿意陪你聊一聊，毕竟我们曾围绕学生会会长的席位展开竞争——用不着对我那么戒备。不过如果你还在思考能否从这里脱身的话，我劝你还是省省力气，一旦你背过身去，我的刀子会马上瞄准你的后背——视力再好，背上总没有长眼吧？"

"我有和你说过吗？我的视力。"

"我[1]再怎么吊儿郎当，多少还是会打探一下曾经打败过自己的对手底细。"

这个人明明身着女装，却用着如此霸气的自称，他是不愿为女装改变自称，还是想要塑造一个"霸气少女"的形象……让人忍不住产生这样的思考，或许也是这个毫无个性的人设下的圈套，这个人的人设塑造真是"炉火纯青"。

我没必要去费力进行验证，这没有任何意义。

"之前的行动就是败在了你的视力下，佩服佩服。不过这样的再会也让我稍稍安心了一些。和那时候相比，

1　日语原文此处使用的自称是"俺"（ore），是成年男子使用的比较粗俗、随便的讲法，类似于汉语中的"老子"。

你的能力更上一层楼了。尽管如此，却还是看不到'我'这个人本身呢。"

不存在的东西是看不到的。

对方如此傲慢，出言不逊，我却只能咬碎了牙齿往肚子里咽。

如果可以我真想把牙齿换成眼球。

过剩的视力已经显露出它的边界——一直在将庞大的信息强行塞进脑子里的视力再如何强大，也无法看到并不存在的人。

我看不见这个毫无个性的人。

笨蛋看不见的衣服……

"你应该高兴，这对你来说是一个好消息，如果你对我构不成威胁，我是不会白费力气来除掉你的。"

"你就是为了确认这一点，才埋伏在这里等我的？"

"怎么可能，如你所'见'，我没有那么闲。"

看来真的挺闲的。

我心里这么想着，却并没有说出口。沃野不是长绳，我的忍耐自然另有其因——不管这个家伙（见鬼，怎么转身就把这个人的假名给忘了）嘴上怎么说，拿不准什么时候就有可能对我痛下杀手。

莫名其妙。

没人知道这个人的真实意图——他的想法恐怕变幻莫测。

在放学路上的这次相遇如果不是偶然，那么正如他掌握了我的视力相关信息那样，他大概率也知道了我家的地址……即便他现在没有想要除掉我的念头，也非常有可能因为微不足道的理由改变心意。

"这是真的，我从来不撒谎，我可是特意挤出时间来见你的……这种事情可不多见，像我这样的人可是很少因为个人原因而行动的……不对，可能到头来还是因为工作吧？这样一来，也能帮助项目顺利推进。"

"项……项目？是……胎教委员会的吗？"

"我们都在互探底细，算了，反正我也是被雇来的，对那些人的想法没有兴趣……对了，我可以问你一个问题吗？"

他往边上瞧着，明显心不在焉——就像是一边在想着今天的体育热点、明天的天气和最近的八卦，一边向我突然抛出了问题。

"胎教委员会的人都很认真，而如你所见，我并不是什么认真的人——可你的应援团成员们都很认真，而且总是如此。正因为我不是，所以反倒能看出来。"

"……"

"体寒的人对于温度差会更加敏感不是嘛。再用排除法，就能看出来谁是不认真的人——当然了，我说的是你的事情。"

他说道。

"我的问题关键是，你好像对我很有意见，那你自己又是什么样的呢？我们不才是一路人吗？胎教委员会、美少年侦探团，还有流氓美人队……你与他们并不一样吧？你不过是得过且过——不过是一个普通人，不是吗？"

"……"

"我说这番话的目的并不是为了刁难你，或者是惹你生厌，我是真诚向你发问。在你看来我大概很莫名其妙，可在我看来你也是一样的。你到底是受周围人影响的大多数，还是持有自我的少数呢？"

我无法回答——也不想回答。

我不想和这个人有任何交流，连呼吸同一片空气也会觉得抗拒——会这样想，是因为我讨厌他吗？

不，并非如此。

这一切其实源于我对自己的厌恶。

看着他就好像是在看着镜子里的自己——事实不也是这样吗？暂时退出美少年侦探团的我，就好像从梦中醒来了一般，直面自己。

直面——同时也是面对面。

这让此时的我面红耳赤。

"如果我的所作所为全部出自我自己的意愿，真心将你视为敌人，你还是会刺向我吗？还是说会开车撞向我？"

"怎么说呢，我也不知道自己会作何选择。只能警告你，最好不要让我对你动杀心——但，如果你和我一样，只是一个被簇拥着推上台前的人……"

如果我只是一个平常的家伙。

没有任何长处，泯然众人。

"那个时候我一定会下手，而且不会失手。"

"我可是美少年侦探团的成员，那几个拥有美丽外表的人可不是我的应援团——他们是我的伙伴。"

脱口而出的这几句话其实连我自己都说服不了——

作为现场的听众，原沃野并不在乎我说了什么。

"啊，这样。"

他笑了——普通得不能再普通的微笑。

然后转身背对着我——没有丝毫戒备，作势就要离开。

"那个，我可以问你一个问题吗？"

确实已经没必要再多说什么了，可还是忍不住向着那个背影抛出了自己的疑问。

那个危险、异常又普通的家伙停了下来。

"做一个这样的人到底是一种什么感受？什么都不去想，做着差不多的工作，又因为一些差不多的原因离开，对什么事情都无法真正认真起来，想法瞬息万变，当一个差不多先生，对人生中关键的事情没有足够的重视，不承担自己应该承担的责任，也没有自尊心——过这样的生活到底是什么感受？"

"非常糟糕，怎么了？"

原沃野没有回头——就像是普通的你问我答，没有太多情绪。

"那不就是大部分人的日常吗？"

12. 感想

　　平时就无比郁闷无聊的放学路变得愈加烦闷，等到家的时候，我整个人的疲惫程度已经到了极限——直接躺倒睡觉了。

　　到头来也没有意外抑或惊喜发生。

　　可今天放学路上的经历给我的伤害实在是太大了。要是再遭遇这种事情，世界还不如毁灭呢……精神上的疲惫使我昏昏欲睡，我只好顺从本能。

　　明天就是精密检查的日子，良好的睡眠是不可或缺的。心里虽然是这么想的，整个人却十分不在状态。

　　本来是没打算睡着的。

　　我做了一个很可怕的噩梦，等我好不容易醒来的时候，已经被罪恶感折磨到死亡的边缘了……至少，我当时是不想活了。

　　而我做噩梦的原因并不是因为原沃野。他，或者说是她，并没有给我留下什么深刻的记忆，不过是一个普通的家伙罢了——不会出现在我的梦里。

那又是为何呢?

团长和我说的最后一句话是让我保持少年之心,永远和他们同在,可我甚至都没有等到艺术文化节投稿截止日期的 23 点 59 分 59 秒,便在欲望的驱使下陷入了昏睡之中,这让我感到无比的罪恶。

原来我的团队归属感仅此而已。

累了就睡,完全没有身为当事人的自觉。

正如原沃野所言啊——他说什么来着?

尽管如此,美学、美声、美食、美腿和美术这几位可能正在为电影制作呕心沥血,奋战到底,而我却……算了,我人在家里,说什么都没有任何意义。

我不仅没有帮上忙,甚至连目前的情况也无法知晓……原因在于,我们家没有任何可以观看投稿作品的工具。

不管是手机、笔记本还是台式电脑,全都没有……只要是可能对眼睛有害的电子产品,就不能出现在我们家。不光我没有,家里所有人都没有,更没有人偷偷使用,毕竟,我的眼睛不会放过任何秘密……

我给家里带来了负担，导致家庭内部出现一些矛盾是无可避免的——我们虽然不是那种家族信念感特别强的家庭，但他们也不会对我不闻不问。

所以不管我是坐着还是躺着，熬夜还是睡觉，按时起床还是赖床，我都无从确认美少年侦探团电影制作的情况。

视力再怎么好可也不是千里眼。

电影拍得怎么样，是什么内容，以及最重要的，到底有没有赶上截止日期，我统统不知道。

如果赶上了，他们又是如何克服困难，呈现"笨蛋看不见的衣服"这一主题的？

情况究竟如何。

我一无所知。

即便现在不在无限期活动停止中，我也不想把遇到原沃野的事情告诉他们。

不想让他们和那种邪恶的人产生什么联系。

如果电影制作完成后要和那个刺客再战，我宁愿他们因精益求精而错过了截止日期。

可我连这一点都无法确认……

去学校借别人的手机大概是确认目前状况最快的方式，可我一大早就要去医生那里做眼部的精密检查，没有几个小时完不成，所以我今天只能请假……啊，突然感觉所有事情都脱离了正常的轨道。

让我对自己的人生有了深刻的领悟。

在不知不觉中回到过去。

可是，我们明明是伙伴……不说别的，来个人悄悄告诉我也行啊。

啊，就是哦。

活动停止期间，他们借给我用来保持联络的儿童电话也被没收了——就好像电视里面演的那样，停职中的警察必须上交自己的证件、手铐还有枪支武器。

不过，也因为这样，他们就无法掌握我的位置了。从这个角度来说，活动停止期间，我的个人隐私倒是得到了保护。

所以，此刻，我手里能用来交流沟通的工具就只有札规送给我的儿童电话了（没有被安装定位功能……应该吧）——当然也不会有来自他的联系。

有也不是什么好事。

那个游手好闲的人正为了自己学校的重建而焦头烂额……和他的约定已经完全被丢在脑后了，我该怎么办呢？

束手无策，无计可施。

现在最首要的就是解决好自身的健康问题——话虽如此，我也不可能把美少年侦探团的电影制作完全丢到一旁，置身事外。

我虽然不是什么好人，却也不是一个机器。

我也有我的情感，而现在那是一种无比急切的心情。

等精密检查结束，就算学校已经放学，我也要第一时间冲向学校，在放学后的学生会办公室里借长绳同学的手机确认参赛情况。

这样的话，我就不算打破禁令，而是以关注学生会活动的方式了解情况。

就算被禁止以侦探团成员的身份参与活动，但说到底我还是学生会会长，而且这样做的话，还能见到长绳同学。身为指轮学园初中部的学生，对电影节感兴趣，在网上看看参赛作品也是理所当然的事情。

更何况这还是（原）学生会会长和那个坏学生头头

的梦幻联动——另外，我还想知道美腿同学和天才少年
又会出演什么样的角色。

说真的，美腿同学是有可能从外部（田径队）带女
演员进来冒险拍什么《裸体的女王》的，关于这一点，
我与其说是感兴趣，倒不如说是担心。

然后，小五郎呢？

那个小五郎会做什么呢？

"啊，真是的……脑袋里全是美少年们的事情，我该
如何是好。"

这让我感到羞愧，同时还有些许的不甘。

13. 久违的裙子

虽然不是团长和萝莉控的命令，不过既然我已经不是美少年侦探团的团员，也就没有理由再穿男装了。时隔半年，我又穿上指轮学园的女装校服，出发前往眼科医院。虽然头发的长度暂时只能维持现状（我家没有接发片之类的时尚单品）。

此刻，我的步伐有点儿沉重。

我倒是可以在这里赘述一下精密检查的内容，但考虑到不会有人对此感兴趣，所以还是直接将时间跳到放学后吧——这并不是我作为故事讲述者的为所欲为，说到底，医院的正式检查，确实有各种难以启齿的部分，可以告诉大家的是，我一度担心自己的眼球会不会连带着大脑一起被挖出来。

我经历了如同惊悚电影一般恐怖的体检。

总的来说，现在的情况还不至于立马住院，接下来就是等待检查结果出炉了……这个结果决定了我作为美少年侦探团团员的活动停止期的长短，关系到我的命运。

当下，我要等到结果出来才有可能继续活动，但那并不意味着一切可以回归原样——话说回来，我是特意没有详细询问的，究竟什么样的结果才能让我重返美术室呢，我出入美术室的禁令可以被解除吗？

就算精密检查的结果好得不得了，我早晚会失去超常视力的现实也不会发生改变……说到底，我并不觉得医生当时给到的粗略诊断和事实会有什么大的偏差——我的视力最多可以维持到初中毕业。

这一判断并非出自直觉，而是本能，专业眼科医生的本能。

如果她的判断与基于正确的身体数据得到的确切诊断一致，那么我的无期徒刑岂不是就会变成永久流放……不行不行，我还是不要再消极下去了。

不要思考。

有些事还是不想为好。

人一旦倒霉起来，真是喝凉水都塞牙。精密检查的结果恰好要等到艺术文化电影节评奖结果出炉的下周才能知晓……老天真会安排。

这对我而言实在是太残酷了。

所以我在医院门口和陪同我一起来检查的父母分别，然后赶赴学校——虽然不太可能再发生撞上原沃野那样的灾难，但为以防万一，尽管心情极其压抑，我还是应该好好看路。

"欸？今天是女生装扮呢，小瞳岛。"

在去 A 班的路上，我和长绳同学碰了个正着——我的形象应该和男生装扮的时候有很大差别，可还是被她一眼认出来了。

"啊哈哈，我已经对小瞳岛的身形比较了解了。毕竟目前为止，我已经给你拍过不少照片了。"

可能有几百万张。

她的话让我很开心，好像我们已经认识了很长时间，可实际上我们成为朋友还不到一个月。

好恐怖的观察力，难道，这就是爱？

"我接下来要去补习班了，小瞳岛你有什么事吗？——我是说，您有什么吩咐？瞳岛会长。"

补习班？

这个世界居然存在这样的机构吗？

开玩笑的，我想起来了——长绳同学每周会去三次补习班。

A 班的学生如果想一直维持自己 A 班的位置，必然是要付出相应的努力的——而且长绳不仅学习好，学生会的工作也相当认真，啊，确实值得敬佩。

而且，她最近还和我举办了好几场摄影展。

我真的太差劲了。我只顾着求她帮忙，丝毫没有考虑她的情况……我原来是想和她一起在学生会办公室看美少年侦探团制作的电影短片的，看样子不行了。

"唔，的确有点儿事，不过明天也行，抱歉，是关于昨天交给你的有关咲口前会长毕业作品的事情，我很想知道进展如何。"

"啊，难道您是想和我一起看吗？"

转换成副会长模式的长绳反过来向我低头道歉：

"对不起！我已经先看过了！"

这又不是什么值得道歉的事情。不仅如此，我还要赞叹副会长的时间管理能力真是太优秀了，她的一天是有四十八个小时吗？虽然说我手边没有可以看电影的设备，又经历了原沃野那件可怕的事情，但没等到截止时间就睡了的我，和她相比，简直是一个天上，一个地下。

"因为太想知道咲口前会长是如何解决那个难题的了……不过，真不愧是他，明明离截止时间只剩不到一天的时间，到底是怎么完成制作的啊！"

截止日期是昨天，开启制作也是昨天——甚至计划是前天才开始讨论的。

当然不能跟她这么说啦。

不过，这样啊。

长绳已经看过这部电影了，她之所以会看并非仅仅出于兴趣，更是因为她认为既然自己把学生会执行部的名义借给了前辈就应该负起责任，关注到最后——她看过影片也就意味着他们在截止日期前完成了投稿。

我松了一口气。

不对，等等，先别高兴太早。这并不一定就是好事，如果没有呈现好"笨蛋看不见的衣服"的含义，那还不如不要参赛。

过分拘泥于主题可能会导致本末倒置。但想要接近胎教委员会，就必须获得奖项。

更别说，如果搞错了"笨蛋看不见的衣服"的呈现方式，美少年侦探团的活动记录就会留下巨大的遗憾……

"那，那么让你感到惊喜的是在截止日期前提交了作品吗？还是作品的内容？"

我战战兢兢地、试探性地提出了我的疑问。

大概完全没有隐藏好我的情绪（我的演技实在拙劣，居然还想过要出演电影），但我也顾不上这么多了。

"是内容，我完全被折服了——根本想不到还有那样的方法，真不愧是咲口前会长，思维竟然如此灵活。"

"欸，什么意……"

"啊，不过……"

表示转折的词汇让情绪消极的我感受到了些许的不安，但长绳接着说道："能够顺利赶在截止日期前完成也着实厉害，毕竟，呈现出了整整五部作品。"

在如此紧迫的时间内，制作出了高水平的影片不说，数量甚至达到了五部！

14. 一个人的试映会

"虽然不能一起看了，但是，这个给您。"

长绳直接将自己的手机递给了我，这让我十分震惊。

欸，不是吧，手机可以直接借给别人吗？

不是有人把手机看得比生命还重要吗？

"有关隐私的部分我都已经设好了密码，如果有信息或者来电的话，请直接无视，也不要点击一些私人的地方，我的安保措施或许有遗漏，相册之类的地方也保存了不少我的丑照。"

这我倒是早就知道了。

毕竟她的手机相册里也保存了不少我的丑照（兔女郎什么的）。

不知为何，这份信任反而让我觉得有些沉重，我果然不配做她的朋友。不过，这会儿好奇心已经战胜了我的自卑。

我太好奇了。

没错，只有好奇——身为团队成员的担心与顾虑、对胎教委员会的愤懑、作为学生会会长的责任，以及对原沃野的恐惧，这些全都烟消云散了，只留下了最纯粹的好奇。

五部？五部电影短片？这个数字实在令人惊讶。

此刻办公室里只剩下我一人，但我也还没有从震惊中完全缓过来——这真的可能吗？

参赛详情里确实没有限制参赛影片的数量——没有规定一个小组只能提交一部作品。

无人数限制，无预算限制——这是明明白白写在参赛公告里的（虽然也不能断定主办方这样安排没有什么恶意），但作品数量确实是一个可以钻的空子。

不过，公告规定了参赛作品的长度需要在五至十五分钟这一区间内——取一个中间数，假设平均每个作品长度为十分钟，五部作品那就是五十分钟。

五十分钟的电影，那真是不得了，可以称得上是大制作了。

那群美少年到底是怎么做到的？

不过，他们的目的很明显，或者可以说是清清楚楚。

和这整件事的奇怪程度一样明显。

他们是在用数量来弥补投稿时间落后的劣势——我不清楚这次比赛的开始时间，但既然是以浏览量来定胜负的，那么肯定是越早发布越好——我先说明，我并不认为这样有违公平，甚至算不上投机取巧。

就算是胎教委员会，也不至于在所有事情上做手脚……不管是现实中的艺术，还是所谓娱乐业、演出业，都讲究一个先下手为强——我保证这对双方都是公平的，正如前辈所说，靠后投稿也不是全无益处，比如这次，美少年侦探团就从已经发布的作品中吸取教训，避免了尝试《裸体的女王》的危险。

同时用五倍的作品数来弥补浏览时间的不足……这一招相当于直接将一周七天的时间延长了五倍。

乘以五意味着什么呢？

拿漫画家来举例子的话，创作出销量破百万杰作的名家与写出五部销量破二十万名作的老手，他们作品的总销量是一样的。说不定后者还会因为其作品的多元化，反而知名度更高一些。

真是一招洞悉了参赛须知漏洞的妙计——不，究竟如何呢，我并不清楚成员们有没有考虑到这一点。

或者说，我感觉他们并不是这么想的。

按照惯例，那五个人都提出了各自制作电影短片的计划，然后一讨论：

"唔，每一种想法都不错！在这里面做选择实在是太不美了！好吧，干脆把它们全都制作出来如何？不用担心，船到桥头自然直啦！"

团长如此一声令下的可能性非常高。大概没有比他们更不适合头脑风暴的团队了。

毕竟团长是一个对所有事物都会表达肯定的人。

将大家的想法全盘接收——俗话说木匠多了盖歪房，但到了团长这儿，他会平等地给每个木匠一个盖房子的机会，豁达得难以置信。

如果我在场，还能制止一下……这样啊，原来现实主义者的缺席会导致这种"荒唐"的结果。

如果我能像长绳那样，对他们的行为感到由衷的敬佩也就罢了。我担心的是，万一这五部作品……五人全员导演的局面真如我推理的那样，那就危险了。

从某个角度看确实可以被认为是一步好棋，可要说这样是不是就完全没有问题，我着实不敢下定论。

因为其中的难度显而易见，所以我一直都没有提及，毕竟拍五部作品意味着要付出五倍的努力……不对，是五倍以上的努力。难度可谓指数级增长。

一天完成五部电影短片的制作，按照现在的技术似乎并不是天方夜谭……可如果因此导致作品内容混乱、品质下降，就不只是本末倒置了——简直是丢人现眼。

那样的话就真的完蛋了。

捡了芝麻丢了西瓜，最后只能演变成一个谁都不愿意看到的结局……不谙世事的他们估计也想不到放弃其中几部这种方法，不过即使萝莉控或其他人有这样的想法，团长也不会听的。

不仅如此，作品之间的竞争也是难以避免的情况。

要是内容撞车了怎么办？

自相残杀的可能性很高。

他们的本意是想要利用总票数的优势取胜，但这一计划也有可能导致得票数分散……这种战略，在选举战的时候就已经显露出弊端了。

当然，团队内部的竞争在一定程度上可以激发大家的潜力，创作出更好的作品，可这种事情应该放在时间充裕的时候再做吧……哎，我这样坐在学生会办公室里，举着长绳的手机，一个人絮絮叨叨，并不会改变什么。

我还是乖乖看电影吧。

只有这样，也只能这样。

不管我是不是"美观眉美"，都只能看了。

就算他们做出的决定是错误的，现在再说什么也都是马后炮……正如这半年来我所做的那样，作为团队里唯一的"正常人"，我无法以积极的眼光看待他们的破格举动。

我越想越觉得害怕……不过长绳——曾经的雪女，如今的天使——她对影片的评价很高，这让我燃起一丝希望。

不管我的视力有没有出现问题，她的眼光总归不会错……不对，她陪在萝莉控身边那么长时间，免不了会有滤镜（因为我并未告诉她详细情况，她大概以为除了"美声长广"导演作品以外的其他四部也都是萝莉控创作的），但起码代表了一线生机。

对了，智能手机要怎么操作啊……好像是说可以从应用程序的浏览记录里看……但我之前只拥有过两部儿童手机，根本搞不懂什么是应用程序。

据说触摸屏会带静电，我这么点击，会不会触电啊……我这种没什么文化的家伙，居然也可以对电影指手画脚、大肆点评，可见拍电影确实不是什么易事。

老天保佑，千万不要让我觉得他们拍的成片还没我死于襁褓之中的提案好。终于，我鼓起勇气点开了第一部。

从名字来看……这应该是美腿同学的作品吧？

15.《光腿的国王》(足利飙太导演作品)

这个标题倒是和我当时开玩笑所说的《裸足的国王》不太一样——起《光腿的国王》[1]这样一个名字，谁还看得出来故事原型是《国王的新衣》啊。[2]这下不就成普通的光腿国王了……

我突然想按下暂停键。

而且，虽然标题是《光腿的国王》，可导演本人并不饰演国王——甚至他在电影中不作为任何角色登场。

影片一共有四个角色。

天才少年同学饰国王。

不良学生饰裁缝。

前辈饰大臣。

1　光腿的国王日文写作"生足の王様"。
2　眉美吐槽好歹她起的"裸足の王様"(《裸足的国王》) 这个题目还玩了"裸の王様"中"裸"字的文字游戏，而飙太起的"生足の王様"(《光腿的国王》) 连裸字都给去掉了。

团长（女装）饰小孩。

登场人物共四人。这似乎是固定模式，五部作品在这一点上保持了一致。并没有出现我在和前辈讨论的时候预想的导演兼编剧兼主演的情况。

一次制作五部电影必然有希望呈现多样的内容。但如果几部影片在基调上没有共通点，就很难将它们联系在一起。如此统一的形式大约是有意为之。

就算是美少年侦探团，有些事也是可以商量着来的。

这就是我们这个团队独有的规则，或者说是模式。

让团长穿女装出场，嗯，这倒是和我预想的一样——此外，饰演大臣的"美声长广"同时承担了解说（旁白）的任务。

是我的话也会这样安排。

那么好听的声音，不用在这里还能用在哪里？犯罪现场吗？不光是旁白，类似城里的居民那种只用出现声音不必真的出场的人物，也是他来配音完成的。

这部短片拍得的确很不错。

他们应该是开辟了美术室的一部分作为短片拍摄场地，但电影里完全看不出来，美术组的搭景能力确实非常优秀……这应该是天才少年和时间赛跑的成果。

嗯。

总而言之，整部电影还是挺像模像样的。

太好了。

目前看来，这部作品并没有停留在表面，变成一部没有难度的低俗创作——说实话我一开始真的很担心，要是画面里只有一些美色，那整部作品岂不是变成了没有一点儿营养的那种节目？但现在看来我那不过是杞人忧天罢了，不管是造型、服装还是演出，全都被很好地消化掉了。

毕竟是在家喻户晓的不朽童话名作《国王的新衣》的基础上改编而来的，内容基调已经确定了……不会有什么矛盾的地方。硬要说的话，有些部分的处理还有些粗糙，但我又不是什么批评家，而且这一点相反还带着些中学生的特色（他们平时可不会给我这种感觉），让人颇有好感。

与此同时，关键的地方来了。

既然内容没什么问题，那就可以将视线转移到主题上来——这部作品会如何呈现"笨蛋看不见的衣服"这一险恶主题呢?

让我好好见识一下他的手段吧——既然是美腿同学的话,那应该说是脚段吧?

先说结论。美腿同学导演的这部《光腿的国王》并没有掉入胎教委员会设置的陷阱之中……这到底是偶然,还是看破了被假意设置成突破口的陷阱,仅从目前的影像是难以判断出来的,但不管怎么样,美腿同学还是以自己的风格,完美解决了这个问题。

这部作品的处理巧妙而狡猾。

作为一部电影,它的呈现可以用奇异来形容。不过,如果你是一个对推理小说有些许了解的人,那你可以从中读出熟悉的味道来。

没错,这种手法来自推理小说,而非推理电影。

这部影片的关键就在于叙述的诡计……时间紧急、预算短缺、人手不足,在这种情况下拍电影,就需要反其道而行之,换一种方式来呈现"笨蛋看不见的衣服"这一主题。

如果按照童话故事《国王的新衣》的情节去理解,大概除了"笨蛋看不见的衣服"也解读不出什么别的东西，但要是摆脱掉这种先入为主的观念，把它单拎出来再去理解，就能体会到不同的意义。

也就是说，"看起来不傻的衣服"[1] = "让人看起来聪明的衣服"。

故事发生在一个小国家，贤明的老国王离开人世，其子继位，可这位新国王不是一位明君，为了让百姓能够安居乐业，也为了避免周边强国的进攻，大臣们受老国王所托，对新国王进行教导。

教导。

可是时间紧迫（这一点刻意反映了我们现实的一部分经历，故事里的截止时间是当日深夜），大臣只好向裁缝寻求帮助——有没有衣物能够让国王至少看上去像一名贤君。

然而这位所谓的裁缝实际上却是一个不折不扣的骗子。

大概就是这样一个故事。

其故事基调毫无疑问来自《国王的新衣》，也遵循了

---

1 "看起来不傻的衣服"和"笨蛋看不见的衣服"日文写法是一样的。

参赛组委会设置的主题，不对，严格来说其实并没有完全按照规定来进行呈现。

是违反规则的。

故意营造的假象在推理小说中不可或缺——作为读者，享受的就是这个被欺骗的过程。巧妙的叙述技巧足以让人忽略掉逻辑上的瑕疵。

所以，欺骗成为了这部作品的主基调。

为了不剧透，中间过程如何我就一笔带过了。总之，裁缝将"看起来不傻的衣服"推销给了国王，最终扮演小孩的团长也看穿了其中真相，这些情节和童话本身是一致的。

作为观众，我对于技巧以外，唯一想要吐槽的点就是，没必要取《光腿的国王》这个名字吧。

不对，喜欢光着腿在野地里奔驰的天真愚王，在裁缝的花言巧语下，穿上了高级的白色紧身裤袜（应该是王子经常会穿的那种高级服饰，确实让穿的人看上去会聪明些）。最后被纯真的小孩拆穿，脱掉了那身服饰。这个情节设计得倒是有点儿水平——但不得不说，这绝对是先确定了标题，然后在此基础上设计的故事内容。

导演的个人喜好很是明显——倒也不是说没有这些设计这部影片就成流芳百世的名作了。只不过，所谓创作，果然会暴露作者多余的坚持……连这部加急拍摄出来的短片都不是例外。

对了，说到"创作"……让天才少年来扮演国王，也就是愚王，明明就是这位天使的"恶魔安排"——还好这位恶魔知道这些内容是要放在影视网站上公开的，要是把扮演家臣的前辈设计成萝莉控那还得了。

想起来都后怕。

就像长绳同学的形容一样，"不愧是他"，不愧是田径队的王牌，"美腿飙太"就这样将摆在面前的障碍物，轻巧地越了过去……嗯，虽然有那么一点儿不符合规则。

想要用这一部作品来一决胜负的话可能还有些单薄——但这只是五部作品之一，这样的设计完全无伤大雅。

因为我是按照观看历史的列表顺序看的，所以长绳其实看的时候是把美腿同学导演的作品放在了最后一个观看的？

我本意想和我亲爱的长绳尽可能保持一致，有些犹豫要不要复刻她的观看顺序，但我感觉这种行为似乎不太妥当，而且我本来就不太会使用手机，要是不小心点到长绳的私人相册就糟了，所以还是逆着来吧……下一个作品的标题是……什么？《裁缝的新衣》？这又是谁的作品？

16.《裁缝的新衣》(袋井满导演作品)

原来是不良学生的作品。

这位"美食小满",怎么说呢,一直以来,他对做饭以外的事情都表现出了完全不在意的态度,参加侦探团的活动时总是一脸不耐烦。不过令人意想不到的是,他在此前的讨论中提出的想法却是十分中肯的。

尽管他本人似乎并不自知,可他在作为侦探团的成员参与的事件推理中,经常是一语中的……让人不禁思考这样一个人怎么会是坏学生。

不过话说回来,也正因为是他,才能创造出如此扎实的作品……由于导演不作为演员出场的规定,通常来说看到演员表后,利用排除法就能知道导演是谁。但这部《裁缝的新衣》却不必多此一举,这部电影有着非常浓厚的个人色彩。

不良学生真是一个在奇怪的地方认真的家伙,如果能把这份认真放在正经地方就好了啊。

演员表如下：

美腿同学饰国王。

天才少年饰大臣。

前辈饰裁缝。

团长饰小孩。

电影没有旁白，骗子裁缝的角色被分给了咲口长广，此人在学生会会长时期恰好与不良学生是对头，从这一安排似乎也能够窥见团内的人际关系……

虽然从身份上来说我只是一个观众，可作为前成员，我又能通过作品看出创作者队伍真实的影子，真不知道这是坏事还是好事……从艺术鉴赏的角度来说，需要将作品与作者分离开，对于作者的私事，还是不知为好的。

可是将裁缝这个角色分给前辈，似乎也并不是单纯出于个人恩怨……毕竟从题目就可以清楚看出，这个故事的主角就是身为骗子的裁缝。

影片讲述了骗子裁缝为了获取巨额财富，欺骗国王，制作"笨蛋看不见的衣服"的故事。

倒还算不上是骗术，但他和美腿同学一样采用了推理小说的创作手法，他采用的是——倒叙。

　　以犯罪者为主人公，讲述其犯罪事实的推理小说……比较有名的要数推理电视剧《神探可伦坡》，但如果要像美少年侦探团的做派，从江户川乱步的作品中挑一个的话，《帕诺拉马岛奇谈》应该是比较类似的（不涉嫌剧透）。

　　从不良学生将主人公的角色交给自己（曾经的）劲敌，可以看出他对萝莉控的认可……不过，饰演侦探的演员另有其人。和《帕诺拉马岛奇谈》一样，这个故事中担任侦探的也是一位小五郎。

　　小说里是明智小五郎，电影里是我们这位小学五年级的团长。

　　我现在处于活动停止期，所以想法也变得客观了些，不过不论我怎么想，都觉得这个团队有点儿把团长捧得太高了些。

　　然后，大家应该已经发现了，不良学生导演的这部作品是对比赛主题"笨蛋看不见的衣服"的正面突破……与美腿同学的巧妙回避不同，他的这个举措简直较真到了极点。

　　因为在这部作品里，想要表现"笨蛋看不见的衣服"

的不再是电影制作团队，而是作品中的人物——作为主演的裁缝。

骗子、恶人、无赖。

主角就是罪犯。

这样的骗子迎来的必定是滑稽的失败，典型的惩恶扬善式作品……由一个混混来宣扬惩恶扬善的精神总觉得有些奇怪吧，算了，先不管这个了。

到头来最愚蠢的人其实是想要欺骗国王的裁缝，这样一个教育性的设计，和原作《国王的新衣》一样带有一些讽刺意味——尽管电影蕴含的讽刺略微辛辣，但毕竟是导演的个人特色，这里就不多赘述了。

虽然都说要把作品和作者分离开，但是这两部作品中，导演个人的特色十分明显……而且不光是个性，甚至连他们作为美少年侦探团成员的属性都在电影中得到了具象化的表现。

侦探团。

叙述骗术，倒叙。

难道说五部电影全都是这个风格？很有可能……如果是这样的话，那么这条他们额外对自己设下的限制就成了关键。他们用自己独特的方式，不经意间破解掉了胎教委员会假借主题的陷阱。

以牙还牙，以眼还眼，既然你给我设陷阱，那就不要怪我用一些"诡计"……

唔……现在下定论还为时过早。我现在才看了美腿同学和不良学生的两部作品，而这两位，说实话，是美少年侦探团中没那么有艺术家气质的两位。

毕竟其中一个是运动系少年，而另一个完全不把法律放在眼里。

让我更为期待的，还是另外三人的作品，天才少年、前辈（这个参赛计划的提出者），以及世上最让人捉摸不透的团长——我必须亲眼看看他们的作品。

在我知晓精密检查结果之前……

17.《黑暗的国王》(咲口长广导演作品)

　　在看到全黑的小图时，就有一种不祥的预感涌上心头。按下播放键，在接下来的约十五分钟里，屏幕上没有出现任何画面——难道是我把长绳的手机弄坏了？我一时间慌了神。

　　真的是手机出现了故障吗？

　　如果不是我的操作有问题，那是哪个成员上传失误了吗——似乎并非如此，而是有意为之的。

　　全黑的屏幕搭配画外音。

　　这个作品实在过于前卫。

　　这是初中生能创作出来的？

　　与看上一部时的迅速反应不同，我一时判断不出这到底是谁的作品……而且因为画面里没人出现，所以也用不了排除法。

　　通过画外音大概听出了角色分配，如下：

　　团长饰国王。

不良学生饰大臣。

天才少年饰裁缝。

美腿同学饰小孩。

也就是说，这部作品是由前辈导演完成的。

那个萝莉控内心到底藏着什么黑暗的角落呢？

还不如导演一个《萝莉控国王》呢。

虽然我嘴上萝莉控萝莉控地调侃着上一届学生会会长，其实我从来都不怎么怕他。但是，这部电影使我不禁怀疑他其实是一个令人恐惧的人，因此而感到恐惧……之前的两部电影里，团长饰演的都是"正直的小孩"一角，也就是侦探。而前辈却让团长饰演国王一角，这件事想来真的很可怕……让女装的上司演国王……他难道是开不起玩笑的那类前辈吗？

什么《黑暗的国王》，真正黑暗的是你的内心吧……

进行作品分析时要脱离对作者的主观认知的想法此时再次向我袭来……到底这部作品中有哪些部分隐藏着我熟知的前辈的影子呢？

有一种我被排除在外的感觉。

抱着这样的感受，我将这部恐怖的电影又从头播放了一遍……从这个角度来说，这部电影还挺让人上头的吧……很快，我的尝试有了成果，我理解了导演的用意。

前面提到的角色分配原来是我搞错了——大概是因为我了解这部影片的导演，所以才能意识到这一点，国王并不是由团长饰演，大臣也不是不良学生，裁缝不是天才少年，小孩也不是美腿同学。

这部电影是一人分饰五角。

整部影片全由前辈一人配音——真不愧是拥有百变嗓音的"美声长广"。

他再现了每一个角色的声音，完成了整部电影的声音制作——只有前辈一人按照之前和我说的计划宗旨，兼任了导演、编剧和主演（甚至连其他助演也由他自己担任）。

这真是太离谱了。

目前为止最让人出乎意料的方式。

但这样一来效率就很高——即便把测试和补拍加进去，不到三十分钟就可以完成短片制作。

看似前卫而激情满满的作品，实际目的却是性价比，果然是我熟知的那个前辈，这太有他的个人风格了——我松了一口气。

我一直悬着的心终于放了下来，同时也深刻意识到了自己到刚刚为止都处于一种多么胆战心惊的状态……

不用说了，它的离谱程度比起美腿同学的作品来说有过之而无不及。也就是因为它是五部作品中的一部，才能被允许出现在这里……即便是长绳同学应该也想不到这是她尊敬的前任学生会会长导演的作品吧。

欸？他是怎么呈现那个主题的？

啊，没错没错。

我差点儿就被这位制作者特有的充满恶作剧意味的"一人分饰五角"所迷惑，顺势点开下一部作品的链接了……不过，大概只有和导演牵扯比较深的人才看得出来这个"恶作剧"。言归正传，在调整好心态看（听）了三遍以后，我终于理解了这位新晋导演的目的。

关键在于，这是一部以电影形式呈现的广播剧——也是因为这个原因，前辈没有拜托其他成员出演，而是全由自己操办。一人挑起全部角色的台词也并非单纯为了标新立异，而是有他自己建设性的周全考量。

用他那宝藏嗓音来实现——精准打击。

能完成如此高质量广播剧的，美少年侦探团——甚至是整个指轮学园中都唯有美声长广一人。

"笨蛋看不见的衣服"。

当画面变成黑色——眼前一片漆黑，无论是谁，都会彻底丧失视物能力。不管是不是笨蛋，都看不见包括衣服在内的任何东西——可事实真的是这样吗？

其实是能够看见的。

一旦听众将注意力集中在美声长广的朗读上，那么故事情节便会清晰地浮现在听众的脑海中——也就是说，听众的想象力会被唤起。这是只有单纯用声音呈现故事时才能够得到的效果……也就是利用大脑来获取视觉信息。

我想起了永久井声子老师的作品……虽然那不是电影，而是绘画作品……合宿的时候，前辈发现的那幅画就利用到了以声音来表现风景的技法。[1]

他的灵感是源于那时的经历吗？

---

1 指《帕诺拉马岛美谈》中咲口长广在野良间岛的云雀馆中所发现的"音绘"。

原来那次合宿带来的影响如此深远。

到底是从前辈那里继承得到的智慧——还是和前面两位一样，是推理小说的技法呢？

想来，与其他媒介相比，单纯通过文字来讲"故事"的小说会更加依赖读者的想象力……这也是通过"阅读"这一行为搭建起来的作者和读者之间的联结。

虽然说美腿同学在作品中也用到了叙述技法，但前辈却将文字利用到了极致，单纯以叙述的方法来和其他作品一决高下——与其说他表现的是"笨蛋看不见的衣服"……倒不如说表现的是"只有足够聪明的人才能看到的衣服"。

被斩断了视觉信息来源的观众本来是什么都看不到的，可实际上是以另外一种方式"看"清楚了包括服装在内的整个故事——对于接收方来说，这何尝不是一种愉悦。这和搞明白晦涩难懂的书籍时获得的成就感是一样的——前辈是特意提高难度，以达到和观众形成互动的目的。

如此前卫的制作方式让作为观众……听众的我产生了"只有我一个人意识到了这一点"的感觉。一种特别的参与感油然而生……老实说，这是一种前辈故意让听众获得的成就感。

结合朗读的内容来说，这部短片就是在用声音，让人看到"笨蛋看不见的衣服"。

这是一招不错的变化球 [1]。

"只有懂的人才能懂""不懂的人怎么都不会懂"这样的追求在电影作品当中是完全合理的——这部充满临场感的作品里有的不光是那个传统童话故事，听起来更像是有人在讲述昨天刚刚经历过的事情，反而会有种随遇而安的感觉。这不是什么坏事，也不是在将接收方当作笨蛋，而是在完全依赖听者的共鸣，是一种非常具有挑战性的技法。

与其说是变化球，其实是投射武器吗？

用推理小说风来说的话，这是对读者的一种挑战——单用这一部作品来一决胜负确实是有点儿难了，但作为五部中的一部，这部作品确实……不对。

这样的作品是必须存在的。

1　棒球术语，是一种用来迷惑击球手的投球技巧。

　　拿出这样的作品是创作者的义务。

　　任谁都能懂的情节和趣味当然好，能给观众省不少事。可如果这个世界充满这样的作品，那么观众反而会有一种被当作笨蛋的感觉……不管是娱乐还是艺术，都需要一种和观众之间互动的作品。

　　就像坚持锻炼才能长肌肉……眼部肌肉也会越练越发达一样……能让人产生这种感觉的作品确实会让人快乐，会想要将自己看懂了这样一部厉害的短片的心情传达给别人……

　　总结一下，这位善于洞察人心的演讲高手，其本领在这部作品中得到了充分的发挥。

　　真是让人五体投地。

　　话说回来，要是把"对读者的挑战"追求到极致的话，他完全不必用他宝藏的嗓音去扮演四个角色，用自己原本的声线完成朗读可能会更有效果，也更符合创作目的。看来，作者应该是在这一点上进行了妥协。

　　曲高则和寡，理解这一点至关重要……要是观众没搞明白，"看不见"他想让观众看见的东西，那一切就本末倒置了……抛开观众的感受不说，既然这几位演员在其他四部作品都登场了，作为系列作品中的一部，让人物在设置上保持一致还是有必要的。

我确实也有过这样的经历。有时看了一部高深难懂的电影，心里就会想："欸？这个制作团队是不是不太会拍电影啊？"

前辈明明是个理性的人，却很爱操心呢。

在被黑暗笼罩、没有光明的国度里，我们穿衣打扮还有意义吗？这种哲学性的提问，和《国王的新衣》的童话风格稍有出入，带有些许哲学意味的故事情节倒是稍微脱离了童话《国王的新衣》，这样的不同之处与其说是前辈自己的特色，倒不如说是隐约有中学生的气质在里面。嗯，这种程度的瑕疵，睁一只眼闭一只眼好了。

好了，我破天荒地把这部电影看了三遍，所以到目前为止，我已经盯着屏幕连续看了五十分钟了……我之所以一直用儿童手机，就是为了保护自己的眼睛免受手机屏幕的伤害，不管这个手机是不是借来的，我的行为都不太妥当。

手机剩余的电量也令人担心。

连智能手机都没有的我自然不会有充电器。照这样下去，我只能把一个电量耗尽的手机还给长绳了……因为我没有什么可以互相借东西的朋友，所以不太清楚，一般来说如果借了人家的车，应该加满油再给人家还回去吗？

我实在是不太擅长与人交往。

而我也并不是特别想要在这方面有什么进步……算了，还有两部，短的话十分钟，长的话三十分钟就能看完……从手机显示的电量百分比减少速度来看，应该是足够的吧。

我的眼睛应该也可以撑到那个时候。

下一部……欸？下一部也是黑屏？

18.《看不见的国王》(指轮创作导演作品)

怎么也不可能五部里面有两部都是朗读剧吧……我心生不安，上一部作品保不准会影响到团队其他成员。但这属于是杞人忧天了——与生俱来的艺术家天才少年是不可能出现这种小问题的。

没错，下一部作品（按照长绳的观看顺序，是第二部）出自天才少年——"美术创作"的手笔。

终于来了。

和美腿同学导演的作品名字以及不良学生导演的作品风格一样，这是一部很好判断作者身份的作品。天才少年作品中的技术要素完美展现了创作者的气质——这和几乎没有使用任何剪辑技术的前辈作品完全相反。

直说吧，他创作了一部动画影片。

艺术文化电影节的宣传单上确实写明了"含动画及CG作品"，但这本来应该是和人员、预算还有时间上都不宽裕的美少年侦探团没什么关系的，不过，天才少年创作的动画也确实和我们通常所说的 CG 以及数字技术无关，而是纯手工绘制而成的。

极为原始的动画形式。

翻书动画[1]在广义上也是动画的一种，天才少年的作品则是属于这一体系中的——黑板动画。

前天前辈说这个事情的时候，他就离开了美术室，原来是因为心里已经有了想法，早早着手准备了（并不是我以为的原因）……估计是在哪儿找了一个空教室，利用黑板开始尽情创作。

默默地——在黑板灰的陪伴下。

美术室里虽然也有黑板，但黑板动画需要不断擦掉旧的内容画上新的内容，必然会弄得这里乌烟瘴气，而这位孤高的艺术家想必是不想给其他人添麻烦……再加上，如果桌子上积了一层白灰，不良学生估计会暴走。

黑板动画的制作方式本身是不难的。

只需将动画场景画下来，拍好照片，并重复这一系

1　翻书动画，也称手翻书，由一系列连续动作的漫画图片构成，当这些图片快速翻动时，由于人眼的视觉暂留效应，会给人一种图像动起来的感觉。

列操作……先不说做一秒的动画需要画多少张景，反正就是要将获得的大量照片连在一起然后进行播放（翻页）。

这样一系列的操作并不需要什么特别的工具……就我手上这一部手机就足够了。甚至都不需要下载什么剪辑软件，用手机自带的标准功能应该就可以完成。

不需要什么助演，也谈不到预算。

但他考虑好了所需的时间和精力，比其他成员早一步开始准备……总共也没有用掉两天时间，就完成了一部精美动画短片的创作（还要考虑到他作为演员以及美术指导参与了其他成员导演的作品）。

真不愧是天才少年。

电影时长一共五分钟。

要想完成这样一部电影，并不是只要画几张图就可以的，必须掌握好时间，赶在截止日期前完成……但话说回来，他也实在是太较真了。

如此天才的产物，甚至让我产生了一种只要努努力我也能够完成的错觉。

从这一点看，美腿同学把愚王的角色安排给天才少年是非常合适的——与其说是天才般的技巧，极端一点儿，不如说是艺术笨蛋——对啊，艺术笨蛋。

艺术。

和我口头上轻巧地讲述不同，天才少年制作的这部黑板动画没有背景音乐和旁白——这不是一部有声电影，而是默片。

影片（或者说那些连续画面）由白色粉笔在黑板上画的图像构成，所以也可以算是一部黑白电影……用智能手机这种高科技产品来完成这样一部复古的作品，究竟是他故意为之，还是出于性价比的考虑呢？

不做后期配音，确实可以大大节省时间……这部影片和前辈的那部只有声音的黑屏创作既完全相反，又很好地实现了互补。他们在作品构思阶段没有过事前的讨论，所以大概只是偶然吧。

黑与黑的互补。

这一部沉默的作品，充满了寡言的天才少年的个人色彩。

当然了，这部呈现在黑板上的故事，和其他四部一样，是以美少年侦探团的成员为原型创作的。

美腿同学饰演国王。

咲口前辈饰演大臣。

不良学生饰演裁缝。

团长饰演小孩。

？？？饰演兔女郎

……里面怎么还有个兔女郎？

与真人电影相比，登场人物数量不受限制算得上是动画的一大好处……可再怎么说，兔女郎会不会有点儿离谱了？

啊，这个兔女郎，是我！

这个兔女郎是我，瞳岛眉美！

对啊，天才少年是从前天开始准备的，在我第二天受到活动无限期停止处分之前，他就已经在准备电影制作了……他当时肯定以为我也会出演，这才为我安排了角色。

就在不久前，为了进行秘密调查，我请他在美术室把我打扮成了兔女郎。要是兔女郎成了我在他心里的固定形象，那可是个大问题……完全拦不住颓废风气的盛行。

如果下一本书的封面成了兔女郎可怎么办啊？

　　但是话说回来，其实我应该庆幸他给我安排的是兔女郎这个角色……如果是别的，比如在剧本阶段给我分配了国王之类的重要角色，那整部动画都要因为我的退出而做出很大的调整才行……幸好我的角色是兔女郎，完全可以被处理成跑龙套的路人角色，仅作为这个国家崇尚享乐的证明登场。

　　当然，我的活动禁令确实拖了天才少年的后腿，这一点是不可否认的……尽管没办法参与拍摄并非我的本意，可心里还是觉得挺抱歉的。

　　不过话又说回来，虽然这是经过了艺术加工的粉笔画作品，但这个人没有经过我同意就把以我为原型的兔女郎形象上传到网上，别说感到抱歉了，我就算大发雷霆也不过分吧。所以我们就彼此彼此吧。

　　在成片里，兔女郎的出场已经被剪得差不多了，她本来是一位什么样的角色呢……

　　好想看幕后花絮，好想看电影创作的故事。

　　不过或许还是不知道为好——话虽如此，这部黑板动画里洋溢着的艺术家坦率到执拗的个性，并非诠释主题"笨蛋看不见的衣服"的关键。

　　天才少年的表现手法与电影的主题各自独立构成了作品的一部分——从这个角度看，和前辈的作品正好互补。

　　而从故事与主题诠释的紧密程度来看，没错，和不良学生采用的手法是类似的吧！故事发生在一个兔女郎会在王宫横行的颓废大国里——这部电影讲述的是对艺术的压制。

　　明智派们对兔女郎所代表的享乐文化持反对态度，而国王对此又会作何应对呢——兔女郎的存在让短片多了些诙谐的色彩。不过，我觉得这里的兔女郎更像是强壮的半裸男子雕像，抑或是美腿同学会喜欢的那种穿着暴露的女子画像之类，作为一种比喻存在。

　　将性与恋物和艺术文化进行融合，放在哪里都是一个不小的课题，但天才少年非常果敢地从这个点进行了切入——他到底想在一部电影短片中实现什么啊？

　　如果说前辈的作品是发给读者的一封挑战信，那么天才少年的枪口则直指胎教委员会——是对充斥着"裸体的女王"这类电影的电影节的批判。

　　在故事的最后（话虽然这么说，也就是在四分钟左右的时候），被明智派逼到了一定程度的国王（不知道让美腿同学饰演国王是有怎样的深意在里面。嗯,可能是因为比较贴合电影中人物的喜好吧)黔驴技穷,找到了兔女郎爱好者的裁缝(也就是不良学生,真的假的,这个人喜欢兔女郎?)——这两个人想到的,就是让兔女郎穿上"笨蛋看不见的衣服"这一方法。

确实是按照明智派的要求让兔女郎穿上了上衣哦?只不过是"笨蛋看不见的衣服"罢了。

不良学生的《裁缝的新衣》通过塑造裁缝的反面形象,成功规避了可能的陷阱,而天才少年则通过让观众共情被压制的国王,使得观众成为了制作那件衣服的共犯——这一切不再是导演的一厢情愿。

他没有把观众当作傻瓜对待,而是处于一种大家一起做傻事的立场——不仅如此,在最后的最后(五分钟左右的时候),饰演小孩的团长默默说的一句"不管穿没穿衣服,兔女郎不还是兔女郎嘛",让整部电影避免成为了只会主张"言论自由",将观点强塞给观众的影像,从而保持了一定的中立性。

嗯,虽然没有到讽刺的程度,但应该也会有不少观众会由于它强烈的指向性而却步吧……难道这是社会派推理？

社会派推理小说。

我这个人不怎么爱读书，所以对此没有研究（请原谅，我才初中二年级），但感觉又并不是说完全处于本格派推理小说的对立面吧……唔。

动画全长只有五分钟，但不知道是不是因为这是翻页动画，页面不停变换，所以眼睛比设想的还要疲惫些……想要稍微休息一下来着，不过也就剩下最后一部了，还是一鼓作气吧。

更何况还是团长的作品，我也确实无法抑制心中的冲动——在前几部作品里，各位成员各显神通，将自己的个性发挥得淋漓尽致，而且用他们自己的方法解决掉了胎教委员会出的难题，那个把制作者而不是观众当傻瓜的难题。

美腿同学采用了叙述诡计。

不良学生用的是倒叙。

前辈则给读者制造了一个挑战。

天才少年则是社会派推理——虽然各有各的不足，但相应的，其长处足以让人忘记那些不完美。

　　而且每一部作品都充满了个人特色。

　　那么作为他们的领导，那位"美学之学"又进行了怎样的挑战呢？

　　到目前为止，他还只是一个以女装的面貌出现在各个短片当中的谜一般的初中生（其实是小五郎）——在表演上稍微有些夸张（不管是在没有本人出场的前辈作品中还是天才少年的作品中都是如此），还没有什么奇怪的行为。

　　反过来说的话就是他还没有展现出他个人的特色。

　　可一旦担任导演，那么他个人那奇妙而难以捉摸的个性就会不由得展现出来——这是我最担心、最不安，也是最期待的部分。

　　目前我已经看完了四部，且都完成得不错，可五部当中只要有一部质量不行，都会拉低整体的观感——团队作战带来的可不止好处。

　　不止好处……

　　"……"

　　我再次按下了播放键。

19.《裸体的小孩》(双头院学导演作品)

好有冲击力的标题。

让人莫名产生一种想给那个小孩穿上衣服的冲动。话说,这种耸人听闻甚至具有攻击性的题目,真的不是美腿同学起的吗?

对比之下,连"光腿的国王"这个题目都显得有点儿矜持……甚至连"裸体的女王"也甘拜下风。

到底是出于何种意图取这个名字的?

当然了,足够吸引人的标题也是很重要的,但最关键的还是作品的内容……希望这不是一部表现无论何时都阳光开朗的五年级小学生内心黑暗的作品。

前辈饰国王。

美腿同学饰大臣。

天才少年饰裁缝。

不良学生饰小孩。

这样一种角色分配,嗯,说是目前为止最合适的安排也未尝不可……作为前任学生会会长的前辈被安排饰演国王一角，而经常和他一起搭档的美腿同学则是大臣……裁缝是美术担当的天才少年，正直的小孩则由本性纯良，却总是装出一副凶相的不良学生来饰演。

原来让团长为大家分配角色，会是这样的结果。

我禁不住在心里想，如果我也在的话，会被分配到一个什么角色呢？如果不是兔女郎的话。

唔……让我来看看，嗯？欸……主角不是国王，而是不良学生饰演的小孩？

很久以前，有一个拥有透视能力的小孩，这个能力无差别地适用于任何东西——不管是衣服、栅栏、墙、大门、大地、草木、动物，甚至天空和繁星……

还有人类。

因为他能够透视任何东西，也就相当于他什么都看不到……纸张在他眼里是透明的，因此他没办法阅读教科书，没有办法学习，这样的他被大家看作是笨蛋。

但随着他逐渐长大，他意识到自己是可以看清楚一种东西的——那就是美丽的事物。

美丽的衣服、美丽的栅栏、美丽的墙、美丽的大门、美丽的大地、美丽的草木、美丽的动物、美丽的天空、美丽的星星……

以及，美丽的人类。

于是他决定，离开家乡，去一个美丽的王国——他相信，在那里他能看见一切。

对一个看不见地图、看不见道路、看不见路标、看不见交通工具的孩子来说，这绝不会是一段轻松的旅程，可是他始终没有放弃，向着远处若隐若现的微光，不断地前进着。

终于，他到达了那个王国，目之所及唯有美好的事物——这是一个充满梦想与希望的魔法王国，处处迷人闪耀，令人目不暇接、眼花缭乱。

小孩很想成为这个王国的居民，于是他去拜见国王。但不可思议的是，在这个所有人都身着美丽华服的王国里，他单单看不到国王身上的衣服。

"国王，为什么您要光着身子呢？"

"我穿着衣服的呀。"

对于小孩质朴的提问，国王回答道。

"这件衣服确实看起来有些破旧了，不过这是那边那位裁缝为我缝制的第一件衣服——不管别人怎么说,这件衣服对我而言就是最美丽的。"

听着国王如此自豪的介绍,小孩的眼睛里慢慢出现了那件衣服的样子——那是国王身上的绝美礼服。

啊,原来如此。

不管是什么样的东西、什么样的风景,只要看的人尝试转变角度,就能够发现其中的美好——原来还有这样子的视物方法。

小孩意识到了自己的愚笨。

恍然大悟的小孩没有再向国王提出自己本来的愿望,原路返回了自己的家乡。

现在的他已经可以看到任何事物了。

包括他美丽的家乡。

20. 总评

任何语言都无法形容我此刻的心情。

我说不出话来,只能拼命忍着,不让自己的眼泪打湿长绳的耳机——就算是最新机型也不一定完全防水。况且也不知道流泪对我的眼睛是好事还是坏事。

不是,千万别误解。

我并不是被团长导演的作品感动到落泪——既为团长能够创作出这样好的作品而惊讶,还有一部分原因在于,这明显是以我的眼睛为原型创作的故事,也许过剩的自我意识在作祟,我感觉这里面寄托了团长想要对我说的话。嗯,或许还有团长对活动停止中的我的激励。

我好像被打动了。

而且是极为有力的一击。

全片从主角小孩的视角出发,让人以为穿戴整齐的国王其实没有穿衣服,这样的创作手法大概是来自前辈或者天才少年的建议……但从结果来说,完美呈现了

"笨蛋看不见的衣服"这一主题。

太棒了。

我并没有像看其他四部作品时那样，想要去找出其中的缺陷——没错，这正是我一直以来在做的。故意去挖掘作品的缺点，把自己的视力用在了发现缺陷上。我希望他们的作品存在缺陷，好让我去包容他们的不足之处，善意地对其视而不见。

我表现出担心的样子，焦虑我的缺席会不会对整个活动产生影响——而我这样其实有些高高在上的姿态在团长导演的作品前被完全打碎了。

不良学生是对的。

美少年侦探团在我加入以前是一个更为优秀的团队的那句话，的确是事实——也正是因为我的暂时退出，才让团队做出了这样优秀的作品。

完成——完美。

本来还自以为我的存在和过于有个性的那几个人是互补的……可在这样连续五部直击现实的作品面前，我也不得不承认，我不在更好。

我的存在对他们来说反而是累赘。

　　我始终以为如果我不在的话，不知道他们会做出什么出格的事情。

　　但事实并非如此，完全不是。

　　我实际上什么都没有看到，也什么都不明白。

　　不管是美丽的他们，还是丑陋的我自己。

21. 尾声

一周后。

首先是比赛的事情。

第一届全国中学生艺术文化电影节的结果早已出炉，遗憾的是，美少年侦探团出品的五部作品全部落选——靠统计期间里的浏览量，别说是前几名了，连鼓励奖都没够到。

一次性推出五部作品，凭借总浏览量来和其他作品一较高下的作战计划（不管他们是不是真这么想）似乎没有被允许。每一部都要作为独立的作品来被评价——算了，规则是别人定的，我们无可奈何，只有接受现实。

也没有什么申诉的余地，即便有，这么做也不符合美的原则。

最起码没有直接被判定为不合格——我还想着，这种单独计票的形式说不定会给我们带来新的转机，但到头来也不过是我自己的滤镜罢了。

　　还有我之前担忧过的票数分散的问题……世界上还是存在不少像我这样的观众，对于全员美男的影片有些接受无能。

　　哎，算了，正是因为有了各种各样的观众的存在才能保证作品的多样性。从来不会否认观众的美少年侦探团自然也不会因为自己被否认了就做出违反美学的事情，这是不合乎道理的。

　　我估计他们现在应该还处于无法接受这个结果的状态……话说回来，没有参与制作的我，并没有资格说这说那的。

　　如果我自己有手机的话倒是可以一个人贡献几百回的播放量？不，不行的。我会控制不住自己的眼泪的。

　　既然话说到这儿了，还是提一下获得第一名的作品吧——私立射箭女校电影研究部的《裸体女王蜂》。内容嘛，从片名大家就可以猜出一二了吧。此外，这部作品的出品方也相当引人注目，毕竟这可是那个竞争压力极大的女子贵族中学的学生们出演的作品。

　　光是这几点就可以赚足观众的眼球。

　　关于主题"笨蛋看不见的衣服"，片中似乎并没有特别的呈现，但也算不上是违反规定——仔细想想，我之前的判断也太粗枝大叶，不该一味地认为表现出"笨蛋看不见的衣服"就是把观众视为笨蛋，或许真的是我们想多了——不管胎教委员会的真正意图是什么，美少年侦探团一直都在被牵着鼻子走。

而《裸体的女王蜂》也并不只是单纯的视觉盛宴，故事内容与戈黛娃夫人的传说[1]有着千丝万缕的联系，整体逻辑严密，感觉做好了应付各类指摘的准备，此般周到的安排，确实配得上这个冠军的称号。

要说其中的内容是否完全符合公序良俗，倒极有可能会引来两极分化的评论，但艺术表达又是否必须符合公序良俗，也是个值得讨论的问题——在这一点上，我并不希望观众之间互相否定，展开无休止的骂战。但我们不能忘记的是，很多时候，最高尚最伟大的那个，最初反而是不被人理解的。

所以要说起美少年侦探团失败的原因，还是大家有

1　戈黛娃夫人是11世纪考文垂统治者麦西亚伯爵利奥夫里克的妻子。相传，为了帮助百姓减轻赋税，戈黛娃夫人曾答应丈夫的无理要求，赤身裸体在考文垂城内骑马绕行。

些太乖了——太美好、太有少年气、太像侦探、太从团队角度出发了。

无法承认这一点就无法贯彻美学。所以，他们只会接受这次的失败，为获奖的参赛者们送上祝福的话语。

发自内心地送上一句：恭喜你们。

此外，关于我视力精密检查的结果——算了，不说这种无关紧要的事情了。

话说回来，距我那次号啕大哭已经过去了一周，在美少年侦探团的无限期活动停止处分还有禁止出入美术室的禁令都被解除掉的那天，放学后我既没有去往侦探团成员的美术室据点，也没有在学生会办公室和长绳玩，而是一个人呆呆地靠在栏杆上，在教学楼的屋顶上消磨时光——很快就到了夜晚。

夜空——繁星点点。

星星……

"哈哈哈，眉美，你果然在这儿——好怀念啊，我和你的第一次相遇就是在这里。"

怎么这么轻易就被发现了。

装有 GPS 定位装置的儿童手机明明已经上交了，他是怎么找到我的，难道是神不知鬼不觉地在我身上又安装了什么信号发射器吗？来的只有团长自己——要是大家都来了该怎么办，还好，团长在这方面心里是有数的。

真不愧是他。

"哎呀，其他成员都还在美术室开反省会呢，嗯，果然罗马不是一日建成的，一天也很难做出像模像样的作品呢，我怎么就没向优秀作品学习学习，冠军作品的律动感真的是太棒了！"

他有一双发现美的眼睛。

那天在这里，他也称赞了我的眼睛的美丽——这双一无是处的眼睛。

让我的心情产生了很大的波动。

"眉美你也一起吧？小满正在大展身手，做遗憾料理呢。"

"遗憾料理是什么……"

难道是反省会的菜单？尽管我产生了一些兴趣，也被勾起了食欲，但我并没有直接答应他的邀请。

"团长，我问你，你还记得我刚加入团队的时候，你对突然穿男装出现的我说了什么吗？"

"我说了什么来着？不过既然是出自我口，那肯定是一些美丽的词汇。"

团长模糊地回复道，没有对活动禁令已经解除却依旧身穿女生制服的我提出任何的异议……或许他是记得的吧。

"你说'我们欢迎瞳岛眉美，我们知道你过了一个不平静的生日，但依然没有成功成为一个大人。在你拥有下一个梦想之前，在你想再次抬头望向天空之前，你可以让疲惫的身躯在这里暂憩……'"

团长不记得这回事在我的意料之中，我一字不差地复述倒是意料之外。

我居然会记得这么清楚。

"啊，没错，嗯，确实像是我说出来的话。"

"你的话确实给当时无处可去的我带来了很大的安慰……但与暂憩相对应的，便是未来的展翅高飞，团长你从那时候开始就想到了这一点吧？"

他歪着头……看上去有些疑惑……难道我理解错了？

实际上不仅是我——团长的亲哥哥双头院踊同学，

美少年侦探团的创立者，也是如此。

人不可能一辈子都做少年，更别说要做永远的美少年，那简直难于上青天。

不管是不良学生还是前辈，美腿同学还是天才少年——还有团长自己，全都无一例外。

小五郎明年也会升为六年级的学生，再过一年会成为初一的学生——一切将会在那时结束。

美少年侦探团并不会永远存在，它的光芒只是暂时的。

"对了眉美，小满很担心你的眼睛……"

"团长，我可以潜入获得了最高奖的射箭女校进行调查吗？"

我打断团长的话，没等他回应：

"这是我想在美少年侦探团做的最后的事情。"

我补充道。

私立射箭女校……一所大有来头、拥有悠久历史和崇高地位的中学。只要是女生，没有不想穿上那所学校的校服的。

而我一周前遇到的目口耳鼻科——原沃野禁止郎，

当时身上就穿着那身校服，他或者说她在夺冠作品《裸体的女王蜂》中饰演主角——在胎教委员会举办的竞赛当中，那个没个性的人一举夺魁。我并没有打算把这些解释给团长听。

这里面的水很深。

有一件事非常确定，这个人当时一定是有目的的——所谓"偶遇"也和他的目的有一定的关联。

美少年侦探团这次的行动失败了，可也发现了新的线索——和指轮学园以及发饰中学那时的情况类似，刺客或许已经悄无声息地离开了那所名门女校，但现在一定还留有蛛丝马迹，可以让我们找出其和胎教委员会的勾连。

"我感觉自己找到了想要做的事情。"

22. 尾声 2

虽然无关紧要，但以防我回不来了，所以还是把这些话写下来吧。

医生上次的预估还是小看了事情的严重性，精密检查的结果显示，如果按照这样的态势发展下去，我绝佳的视力将无法保持到初中毕业，甚至连能否坚持到初三都未可知——美观眉美的视力将在下个月到达顶峰。

紧接着，将迎来断崖式下跌。

因此，无论如何都要在那之前给所有事情做一个了断——因为我想要将前辈身着毕业礼袍的样子牢牢印在脑海里。

中学生毕业也会穿礼袍吗？

美少年盗贼团

在电影制作活动前发生了这样一件事。

当过美少年侦探团引以为豪的艺术家——天才少年的裸体模特的事情，我此前倒是当段子打趣了几次。而最近那幅绘画完成品要在指轮财团旗下的美术馆中展出了。

这是非常光荣的事情……怎么可能啊！

"喂，天才少年！你倒是说点儿什么啊！"

"别那么大声，眉美同学。创作不是正在反省中，所以才不说话的吗？"

团长庇护道。事实真是如此吗？

当事人的沉默寡言一如往常。

"话说回来，还不是眉美你自己大大咧咧地给后辈做裸体模特才是问题所在吗？"

"没错，要说谁有问题的话，应该是眉美同学自己不道德。"

"嗯嗯，我以前就觉得小眉美迟早会在这种地方栽跟头。"

这些人倒打一耙的本事真是厉害。

没一个人同情这个自己一丝不挂的样子要被展现在世人面前的女初中生……你们真的是我的伙伴？就算我再坏，现在这种情况我怎么也应该得到一些同情吧……

这个时候都不拉我一把，那我还有什么指望啊。

说实在的，落入这个突如其来且令人难以置信的窘境，我自己并不是一点儿责任没有——不，担任了未来顶尖艺术家的模特这件事情本身我并不后悔，可是，我当时明确拜托了他不要将完成的作品装饰在美术室里。

我可不想看着自己的裸体。

低头不见抬头见的。

因此，天才少年不得不将那幅画拿回了家——或者应该说是宅邸。我也不知道这位财团继承人平时住在什么样的豪宅里，总而言之是拿回去了。

可不知道什么环节出了问题，最后居然到了美术馆手里——到底发生了什么事情呢？

上天为什么要和我开这样的玩笑。

"也是没有办法的事情。创作同学家里是不允许出现美术相关的物品的，他也不能放在他自己的房间里，没办法只能把东西混在他父母亲的个人收藏品当中——结果，来商量美术馆运营相关事宜的馆长偏偏对这幅没见过的画青眼有加，说什么'让这样的名作沉睡在暗无天日的角落里简直就是浪费，让它重见天日是我的义务，不，是使命'，然后他就决定要展出这幅画了。情况就是这样。"

天才少年明明一句话都没有说，他居然能将事情原委解释得这么清楚，真让人佩服……而我怎么能想到，拒绝美术室陈列的后果就是，自己的裸体画像要被摆到美术馆这种公共场所中去。

能不能放过我啊！

怎么会这么倒霉！

本来我还把这个模特经历当作段子看，可一公开那性质可就变了。

"算了，眉美同学，你以后也要注意一下，不要让这种情况再发生了哦。言归正传，我们来说一下针对胎教委员会的行动……"

"等等，这就完了？先不要转移话题啊！"

这又不是什么正式会议前的闲谈，怎么可以就这样一带而过？

还不如说些让人生气的话，说不定我还能接受些。

不知道为何要将美丽的东西藏着掖着的团长，对于我的危机感没有完全的感同身受。

"你的肉被摆在台面上是你自作自受，不过，这件事确实不能就这么翻篇。"

"不良学生，请你不要将我看作是食材。"

"把一个十四岁小孩的裸体素描像公之于众，这样的美术馆离倒闭不远了吧？还可能会影响到创作自己。"

"那必须防止那种情况的发生啊，创作同学可是我们美少年侦探团的宝贝。"

这些人能不能也关心关心我啊！

怎么提到对天才少年的影响才有反应呢！

不过……事态的确严峻。作为实际掌控指轮财团运营的理事长，天才少年直接关系到了财团的存亡。

我知道自己不是什么倾国倾城的美女，可没想到我的肉体居然还有动摇财团的力量……无敌的十四岁啊!

"那趁现在还没有公开,和馆长坦白,请求他不要展出那幅画好了……反正那幅画好像是打算作为这次展览的隐藏王牌展出的,并没有对外宣传,只要我们能提供其他的替代品,那么展览上也不会有什么空缺。"

美腿同学的提案十分稳妥。可是……

"我们不能说。这样一来作品的作者和模特就都暴露了。"

被前辈"一腿"推翻了。

事实证明这样的行为可不是美腿的专利。

被禁止进行艺术活动的指轮财团继承人,让不到十五岁的前辈当自己的裸体模特,如此炸裂的事情确实难以启齿……就算这个前辈平时都是男装也没用,毕竟这是裸体素描。

我可是一丝不挂。

尽管作品没有公开,天才少年和我也将承受几乎同等打击……而我,嗯,即便没有暴露自己的肉体,一旦我成为影响指轮财团的罪魁祸首,那我的后半生也就没有指望了。

人生将直接跌落谷底。

而且我现在想不出什么好的借口能帮我从美术馆手里把画拿回来——该怎么办？

"不然我们不说那是天才少年的画，谎称是不良的私物怎么样？说不定会还给我们的。"

"我为什么要收藏你的裸体画像啊，这样我的名誉不就毁于一旦了吗？"

我不就是提了个方案，需要表现得这么嫌弃嘛！

还真以为我是一个没有感情的机器人？

"既然如此，各位，我们只有一条路可走了。"

团长说道。

以一种一团之长的威严语气。

"我们半夜一起潜入这个美术馆，悄悄把创作的作品偷出来！"

非常强有力的宣言，有一种令人难以反抗的气势，可这大概不是侦探团该做的事情。

出于以上的原因，美少年侦探团，改称美少年盗贼团，在半夜非法侵入了美术馆——我本意是想尽可能在有其他人看到那幅画之前将其回收掉的。但计划推进并没有我想的那么容易。

我们没办法在发现问题的当天深夜就展开行动。

画还被保存在仓库（金库？）里，我们想偷也偷不出来，只能在它被公开展示的前一天晚上，也就是展览布置完成后再动手——必须等到最后一刻，这也是蛮讽刺的。

不过好在我们成功进入了美术馆。

说到底，这也是指轮财团旗下的美术馆（虽然事情也是因此而起的），天才少年轻易地就搞到了美术馆的内部示意图，弄明白了这里的安全系统。另外还有我们从札规同学那里收到的所谓军事武器。

天时地利人和。

我们有充足的时间可以利用上次为了不让学生会副会长长绳同学看到美术馆的内饰而使用的隐身布来制作六个人的紧身衣——这已经不单纯是侦探的行头了，简直就是犯罪的工具（札规同学肯定想不到我们会拿来做这种事情）。但现在我们已经没有别的路可以走了，一切都是为了拿回那幅画。

美腿同学面露难色，明显对要被黑色紧身衣裹住双腿这件事不太满意。但被我堵住了嘴。

我在该开口的时候还是会开口的。

此外，我们这次行动所用到的装置还不止这些。

毕竟作为有血有肉的人类，我们怎么也无法在现代安保装置面前完全遁形——简直难于上青天。监控的位置尚且还可以掌握，但这里还到处设置了像是红外线感应器还有密码门锁之类难以跨越的障碍。

"还好，这家美术馆的警备力量还算是薄弱的了，没有安排半夜值班的人就是证据之一。可见指轮财团对于艺术的态度。"

前辈看了一眼天才少年拿来的美术馆内部信息，做出了这样的评价——脸上带着不怀好意的表情。

和不良学生相比，这个人更适合当一个坏人。

"对于他们来说，艺术本身并不重要，重要的是要装作懂艺术。"

他的说法不无道理，从他们对财团继承人天才少年的教育方针（禁止进行创作及鉴赏相关的艺术活动）就可以看出，很难说是一个对艺术喜闻乐见的组织。

可能是出于对外宣传的目的，抑或是出于税务方面的考虑，嗯，应该有不少大人的考量。

就像是小孩也有小孩的烦恼。

"还可能是出于这样的考虑吧，一味提升防盗水平，反而可能导致偷盗者为了目标不择手段，甚至不惜损坏艺术作品。为了避免发生这种本末倒置的事情，还不如就让别人偷了去。"

在面对强盗的巧取豪夺时，不要作无谓抵抗的意思？也是，反正应该也配了保险……只要作品没事，偷就偷了吧。这种想法也是有可能的。

说起来，名画《蒙娜丽莎》好像就几次遭遇偷窃事件——完好无损总胜过被破坏。

不过等我拿到了裸体画像，第一件事就是把它烧掉！

回归正题，指轮美术馆里或多或少都装有安保装置，且不是单纯穿上黑色紧身衣就能万无一失的，所以我们为此准备了炸弹。

炸弹。

当然了，此炸弹并非是火炮抑或手榴弹之类的东西——我们可是一个热爱和平的侦探团（盗贼团）。

用的是电磁脉冲波炸弹。

对电子产品破坏力极大……可以说，在现代社会，它要比通常炸弹的威力大得多，是顶尖的军事武器。

这可不是开玩笑的。

再说得详细点，这样的电磁脉冲波炸弹被改造成为了可以单手控制的手枪形状，只要瞄准想要破坏的电子产品即可。现在都还没有一个名字能够将它形容到位（电磁脉冲波枪，不，这过于普通了）。

这样我们就可以让监控和密码门锁失效……此外，这个新武器最值得称赞的一点在于能够任意调节"破坏度"，对电子产品造成的破坏并非是不可逆的，到早上就可以自动修复完成。

嗯，如果不这样做，我们的非法入侵就会败露……而且我们的计划并非只是把墙上那幅画偷走就完事了，我们会用另一幅画来取而代之，神不知鬼不觉当然是最好的。

作为替代品的画也是让天才少年赶出来的作品，同样的构图，不同点在于这幅裸体素描上的人（二十岁以上）并不真实存在……只要能让受到使命感驱使的馆长心想："欸，我收回来的是这幅画吗？嗯，和其他画摆在一起确实还是很不一样的……"就已经很好了。

不得已画下自己并不满意的画，并且画还要供世人参观的天才少年自然有意见，但这是团长的命令，他再不情愿也还是没有多说什么。

你这个家伙快向我道歉啊！

向我诚心诚意地谢罪。

"夜晚的美术馆总感觉不太一样呢，话虽这么说，我倒也并不是美术馆的常客。"

不良学生感慨道——现在好像不是作为侵入者的我们表达感想的时候，不过，这种时候还能发表出感想，可见他对这种情况的熟悉程度。

谁知道他平时大晚上的都会去哪儿啊！

没怎么来过美术馆，但非法侵入这种事情估计是信手拈来——不要叫他不良学生了，干脆就叫非法同学吧。

"在这种昏暗的环境中欣赏艺术作品，感觉就不一样了呢。虽然看得不是特别清楚，可仔细观察的话，就能看到更深的部分……就像是半夜闷在被子里听收音机，靠着床头灯看书的感觉，有没有？"

美腿同学发表了自己的感想。

正因为看不见才让人产生探索的欲望，嗯，这对我来说倒是很好理解。

"和层层包裹下的性感更迷人一个道理。"

突然变得难懂起来。

他平时都在听什么节目，看什么书啊？

真不好意思，别说层层包裹了，马上全世界都会看到我一丝不挂的样子——顺便提一嘴，指轮美术馆的占地面积很大，而且共有三层，但我们美少年盗贼团并没有选择分头行动。

示意图上没有指明目标作品的详细位置，本来我们分头去找是最高效的，可这样一来，身着黑色隐身衣的我们再会合就成了难事。

况且也不能用灯照明——我们所做的一切都是为了掩人耳目，用灯等于自爆。

所以现在正是视力的用武之地。

"我的前方没有黑暗！"

"好吵，快别说了，此时此刻，你的前方不都快一片黑暗了吗？"

我无话可说。

就这样，我们大家相互照应，手牵着手——由我打头，以下面这样的队形在美术馆走廊上踱步前进。

———————————————

　　　　美脚
　　　美食
美观　　　　　　美学
　　　美声
　　　　美术

———————————————

看上去好像我才是这个团队的队长。

带领着五位美男在黑暗中前行的我如履薄冰，如同煤矿上的金丝雀……地图上可能并没有标明所有安保设备，我必须全神贯注。

或许还是应该白天先来看看情况？我们的等待时间是足够踩点的……不过话说回来，意图不轨的犯罪团队还是尽量避免在现场留下任何证据的好。

争取一次性解决这件事。

军事武器虽然方便，但最后还是要依靠人类与生俱来的能力——啊，怎么也不会因为这种程度的用眼而失明，不用白不用，那就尽情让它发挥余热吧！

"在'美观眉美'变成'美胸眉美'之前！"

"'美胸眉美'是什么？"

前辈苦笑道。

笑什么笑。在这样的困境中还能乐观依旧，努力调节气氛的我有什么好笑的。

"是女性杂志上那种吗？"

"你还读女性杂志？前辈……"

表面正人君子的他私下里都在看些什么啊！

"哈哈哈！我们现在这样才像极了一个团队嘛，太美丽了。"

押后阵的团长似乎比平时还要在兴头上——我们佩戴了同时具备耳机耳麦功能的消音设备（特别感谢：花花公子），但他的笑声过于高亢，没法消音。

万一暴露，要是能被当作初中生的恶作剧就好了……团长是最不适合参与这次绝密行动的成员。

算了，说直接一点儿，要真想开展绝密行动的话，让我和天才少年两个人行动就可以……但对于团长来说，比起计划胜利与否，团体行动本身要更重要一些。

美丽不是一两个人的单打独斗，而是全员出动。

说实话，我并不是不希望他能更发自内心地担心我一些——可最近不好的消息接连不断，我在想，这会不会才是美少年侦探团应该有的状态——不对，我的裸体画像被公开也不是什么好笑的新闻吧？

"十四岁的裸体当然要另当别论，但是，艺术和情色的界限果然很难界定呢。"

"是啊，长广，对你来说十四岁的裸体的确要另当别论，毕竟你的好球区不在那里呢。"

"此言差矣，是父母恰巧没把我的好球区定在那里。"

好球区明明是你自己定的吧。

我倒也不是说很想获得前辈的关注吧，他的态度纯粹让人火大而已。

我居然被这种家伙嘲笑了。

怎么能结束目前这种必须和他手牵手前进的状态啊。

"过于追求所谓社会健全，可能适得其反，这不也是人间真理吗？举个例子，不是有规定说，推理小说里就不应该混入爱情要素吗？"

我另一只手牵着的不良学生冷不丁开口了——没有到规定这么严格，但也算是约定俗成。

事实上正宗的推理小说中有很多侦探都是禁欲主义者……

"可是，侦探从不恋爱这种人物设定看起来好像很帅气，但其实不是和'不吃饭'或是'不睡觉'一样，都是不太正常的事情吗？虽然大家都希望名侦探做一个推理机器就好……"

嗯。

这种说法倒是一针见血。

料理人果然说什么都离不开吃。

这虽然和我们现在所处的危机情况没半毛钱关系，但确实是值得一听的意见……但到头来，价值观什么的，跟时代以及文化圈层有很大关系，是没办法一概而论的。

既有不认为展出十四岁裸体少女有什么大惊小怪的时代和地区，也有以此为禁忌的地方，说不定千年以后，被嘲笑保守的就是我们了。

说什么这个时候的日本人还在说要保护环境！弱者也有人权什么的！……真是太可怕了，而它的可怕正是因为这极有可能成为现实。

身处暗黑世界的人不会有乌托邦世界的思想。

位置的差异决定了思想的差异。

众所周知日本不是持枪社会，但实际上，维护社会治安的巡警日常都会佩戴枪支——这不是持枪社会又是什么呢？持枪需要许可证和开车需要驾照又有什么不同？还能说现在的日本不是汽车社会吗？未成年少女裸体会让大众愤怒，那十四岁出道当爱豆就没有问题吗？很多事情这样换个角度考虑一下就会很恐怖了——骨子里认为理所当然的事情，可能其实并非如此，我们看上去都被所谓正义的枷锁所束缚管理着，而实际上那种东西或许并不存在。

那么不存在的到底是正义，还是枷锁呢？

有时间真的要好好考虑一下这个问题——虽然说时间宝贵，可有些问题只有在最无敌同时也是最脆弱的十四岁思考才有意义，等到二十岁再考虑就晚了。

所以必须思考了。

趁现在还来得及。

如果行动失败，没能拿回我的十四岁裸体画像，那我就和指轮财团同归于尽，不行就让天才少年对我负责，我是抱着这样的觉悟来的。但这场奋不顾身的冒险最后竟然以超出所有人想象的形式迎来了它的结束。

找到目标画作的展示区域并没有太费工夫。它被陈列在一个很好的位置。作为模特，我或许应该为此感到骄傲，可问题在于——或者说"没问题"在于，作品的展示方法。

在卢浮宫美术馆，遭受过数次盗窃的名作《蒙娜丽莎》就是被陈列在玻璃展柜中供游客欣赏的，从安全的角度出发这样做无可厚非，但不想隔着一层玻璃来欣赏的鉴赏者确实也不在少数……但我的那幅裸体画像前隔着的可不止玻璃展柜。

关键是，有人用胶水或是什么其他东西把衣服粘在了原本的裸体画像上——上衣是长袖，戴上了手套，裙子甚至拖到了脚踝，全身上下能看到的地方就只有脑袋了。这样描述可以理解吗？

也就是说，裸体的裸露部分基本都已经被遮挡住了——甚至连锁骨都被挡得严严实实。

难道是要扮演"撑伞的女人"吗？头上甚至戴着帽子呢！

我戴过兔耳朵，可是很少戴帽子啊，画上这个人到底是谁？

"怎么这里还有《着衣的玛哈》[1] 吗？"

萝莉控苦笑……不出来了。

不知道做什么动作来表达此刻的心情。

"我听说以前日本漫画被出口到海外的时候也被画上过衣服……"

美腿同学对眼前的情景有些惊讶，嘟囔了几句，应该不是对看到我的裸体画像有所期待——但这样听来，我是不是该庆幸他们没有在天才少年的画作基础上画蛇添足？

---

1 《着衣的玛哈》是画家弗朗西斯科·何塞·德·戈雅·卢西恩特斯创作的一幅作品。戈雅另外创作过一幅名为《裸体的玛哈》的作品，《着衣的玛哈》和《裸体的玛哈》两幅作品构图相似，人物姿态相同。两者最直观的区别是《着衣的玛哈》中的女性身着华丽的服饰，而《裸体的玛哈》则直接展现了女性的裸体形象。

开什么玩笑，这根本没法庆幸。

"……"

馆长被天才少年精湛的画作所打动是事实，想要将这幅画公之于众的想法应该也是真的吧——可是要将这样一幅作者不明、模特不明的裸体画像作为美术馆的镇馆之宝也确实不是一件容易的事情。

应该不是意识到了画上是一位十四岁少女的裸体，但作为有判断力的大人，在最大程度平衡社会公序良俗和艺术的前提下，还是决定按计划进行展出，但把可能会引来争议的部分仔细隐藏起来——也是妥协的结果吧。

相当于是说讨论了半天，所有的一切都白费了，是彻彻底底的本末倒置，可这是大人们认真讨论后的结果——就是没有一个人开口说，既然如此，不如放弃展出吧。这倒是没什么好惊讶的。

"不是有这么一个实验嘛，测试在高位者的命令下，人可以残酷到什么地步。给你一个按钮，只要按下按钮，电流就会通过被实验者。在这场实验当中，真正的被实验者其实就是自己。"

不良审视着墙上的作品说道。

他的目光并不在天才少年所画就的我身上，而是在粘在我身上的厚重的衣物上。

"残酷的不是按下按钮的人，而是实验本身，不这么觉得吗？"

他说的并不是题外话——无意识是一件恐怖的事情。

认可这样一种实验机制的意识其实就是——认可前面的妥协结果为一种万全之策的无意识。是一种丧失了个人思考的恐怖思想。

美术馆方面并不认为这样的展示方法是对艺术的限制，更别说是压迫，反倒可能觉得自己开创了艺术呈现的新时代。

"我们回去吧。"

我说道。

"没必要换了吧，也不用把它拿走了，毕竟都穿上了这么厚的衣服。"

还有两件事——

那幅作者不明、模特不明的画作第二天好像得到了非常高的评价——所能够看到的那部分足以展现出作者的绝佳创作功力，而这种全新的展示方法被认为是对现代社会的一种讽刺，引发了社会讨论。

这大概是所有人都希望的结果了。

不过这绝非馆长一开始的打算……可社会风评这种东西谁能准确预测呢？在那之后，指轮美术馆推出一场更有挑战性的展览，让一排裸体雕像穿上知名设计师设计的衣服。

另一件事……要追溯到我们那天行动结束后从美术馆回去的路上。

"眉，我要再一次为你作画。"

真是语出惊人。

难道这个人对前辈就一点儿敬意都没有吗？

看样子没有。

有的只是对待艺术的热情。

"这次我不会让人把它隐藏起来，我会创作一幅让眉你想要展示给全世界的画。"

真的假的。

不过，虽然没有表现在脸上，但能看出天才少年似乎也有一些不甘——一种将结果归结于自身能力不足的个人意识。

好，好。我点了点头。

"我不会逃也不会躲。"

这点儿苦头还不足以让我退缩。

谁叫我是美少年侦探团的成员呢！

后　记

　　发现自己深信不疑的东西其实并非绝对时，大部分人会受到非常强烈的冲击。事实上当你产生"这个世界上没有绝对"的怀疑时，你的价值观就已经被动摇了，甚至可能会有一种被否定了整个人生的感觉。它推倒的不是根基，而是某种支柱。取而代之的观念也不一定会成为新的精神支柱。这时候人可能会有这样一种想法，觉得自己如果当初再坚定一点儿，或许就不会产生怀疑。可是，本来就不是绝对的东西，再怎么努力也无济于事。这个问题是一个无解的循环。所谓绝对，还是敬而远之的好，没有什么比价值观和人生观之类更富于变化的东西了。不过，我还是不要轻易断言。话虽如此，回过头来看，当绝对不再是绝对时，人总会觉得很突然，感觉自己跟不上变化。但其实不过是被自己的感性所左右，没有注意到那些持续的细微变化，所以源头其实在于自己迟钝的感性。变化的不是绝对，而是自己。绝对的反义词是相对，但是，反义词也不是什么绝对的东西吧？
或许和绝对对峙的，正是自己呢。

　　本书是美少年系列的第八部作品，在本书的故事
中，眉美已经完全融入到了团队中，但是另一方面，前
辈临近毕业，接下来又会发生什么呢？会迎来系列的完
结吗？还是另有可能？总而言之，以上就是《绿衣的美
少年》。

　　封面是拜托黄粉老师创作的以美学之学为主要人物
的插画作品，能看到一副导演打扮的团长，真是非常感
谢。我一直希望有一天长绳也可以出现在彩色封面上，
我会以此为目标，继续创作系列作品的。

　　　　　　　　　　　　　　　　　　　西尾维新